KB078608

가즈나이트 R
Gods Knight R

이경영 판타지 장편 소설
FANTASY FRONTIER SPIRIT

가즈 나이트 R 5

이경영 판타지 장편 소설

초판 1쇄 찍은 날 § 2011년 2월 17일
초판 1쇄 펴낸 날 § 2011년 2월 24일

지은이 § 이경영
펴낸이 § 서경석

총괄팀장 § 유경화
편집책임 § 박우진
편집 § 주소영

펴낸곳 § 도서출판 청어람
등록번호 § 제1081-1-89호
등록일자 § 1999. 5. 31
어람번호 § 제1-1222호

주소 § 경기도 부천시 원미구 심곡2동 163-2 서경B/D 3F (우) 420-822
전화 § 032-656-4452 팩스 § 032-656-4453
http://www.chungeoram.com
E-mail § chungeoram@chungeoram.com

© 이경영, 2010

ISBN 978-89-251-2438-4 04810
ISBN 978-89-251-2296-0 (세트)

이경영 판타지 장편 소설
FANTASY FRONTIER SPIRIT

가즈나이트 R

GodsKnight R

5

도서출판
청어
람

CONTENTS

CHAPTER 19
창조주

"표정을 보아하니 양심은 있나 보군."

지적한 자는 흰 수염에 안대를 한 노인이었다.

그 장대한 체구의 노인은 은색의 눈동자로 눈앞의 청년들을 노려봤다.

"네놈들의 무능함 때문에 도시 하나가 홍수에 휩쓸리고 사람들이 죽을 뻔했지. 게다가 목표물은 시원하게 놓쳤어. 내가 때맞춰 오지 않았다면 전부 엉망이 됐을 거야. 네놈들, 자신들이 왜 이곳에 왔는지 모르나?"

그가 지켜보는 세 명의 청년은 아무 말도 하지 못했다.

"하이볼크는 자신의 창조물에 대해 대단히 관대한 편이로군. 너희처럼 무능한 놈들에게 아직도 기회와 존재를 허락하다니, 너무 웃겨서 고기가 넘어가지 않아."

하지만 노인은 웃기는커녕 불쾌한 표정을 유지했다.

그는 불에 구운 고기를 찢어 소금에 찍은 뒤 입안에 넣었다. 맨손으로 뜨거운 고기를 찢는 모습이 야만적이면서도 중후했다.

"네놈이 지크였지?"

그는 세 명의 청년 중 한가운데에 자리 잡은 금발의 청년을 불렀다.

붉은색 가죽 재킷에 파란색 바지를 입은, 검과 마법이 존재하는 세상과는 전혀 어울리지 않는 복장의 그 청년이 고개를 들었다.

"역시 저를 아시는군요?"

청년이 씩 웃었다.

오딘은 시답지 않다는 눈으로 그를 노려봤다.

"모르지. 그냥 셋 중에서 가장 멍청해 보였을 뿐이야."

금발의 청년, 지크는 씁쓸한 얼굴로 고개를 돌렸다.

"간단히 자기소개를 해보지. 나는 오딘이다. 한때 가장 위대한 신이었지. 그럼 너부터 이름을 밝혀봐라."

오딘은 지크의 오른쪽에 위치한 청년을 불렀다.

"사바신이라고 합니다."

그는 열리기 전의 꽃봉오리처럼 위로 바짝 뻗친 머리카락의 소유자였다.

체구는 셋 중에 가장 좋았다. 구릿빛이 가볍게 맴도는 피부, 그리고 앞섶을 풀어헤친 검은색의 긴 코트가 그를 더욱더 강인하고 과묵하게 보이게끔 만들어주었다.

"네가 바로 이 웃기는 3인조의 대장이로군."

"이 녀석입니다만."

사바신은 서슴없이 지크의 어깨에 손을 올렸다. 지크는 고슴도치처럼 바짝 일어난 자신의 뒷머리를 멋쩍게 매만졌다.

"똑같은 놈으로 보이긴 하는군."

그가 지크의 왼쪽에 있는 녹색 머리 청년에게 눈을 돌렸다.

"그럼 넌 레디인가?"

깔끔하게 각을 살린 녹색 머리에 펑퍼짐한 흰옷을 입은 그 청년, 아니, 소년이라고 불러도 될 만큼 앳되고 예쁘장한 얼굴의 청년이 쑥스럽게 웃었다.

"그렇습니다, 오딘님."

"흠. 정말 개성이 없는 놈이로군."

오딘의 평에 지크와 사바신의 표정이 미묘해졌다. 친구들의 그 얼굴을 언뜻 본 레디는 적잖은 충격을 받고 내심 크게 아쉬워했다.

"소개는 대충 끝났으니 이제 내가 이곳에 온 이유를 알려 주마."

그러나 그 옛 신은 말하기에 앞서 고기를 한참 동안 꾸역꾸역 먹었다. 마치 죄인처럼 두 무릎을 땅에 댄 채 앉아 있는 셋은 난감했지만 지은 죄가 있는 터라 아무 말도 못했다.

휀, 바이론, 리오와 마찬가지로 하이볼크의 지시를 따르는 그 셋은 전투 능력과 경험이 미천한 관계로 셋이 함께 돌아다니고 있었다.

그들에게 내려진 임무는 올림포스 계열의 옛 신들을 포획하고 렘런트가 현재의 세계에서 활동을 할 수 없게끔 만드는 것이었다.

추가로, 그들이 있는 세계는 리오 등이 있는 세계와는 전혀 다른 곳이었다.

"렘런트는 상대할 만했지?"

"그다지 강하진 않더라고요."

오딘의 질문에 지크가 대답했다.

"그리고 옛 신들은 아까 그랬던 것처럼 눈뜨고 놓쳐 버렸지."

이번에는 아무도 입을 열지 않았다.

"너희도 옛 신들을 몇 번 상대해 봤을 텐데, 왜 실패했지?"

몰라서 묻는 게 아니었다. 꾸중이었다.

"정말 강하더라고요."

지크가 마지못해 말했다.

"하지만 할아버지도 녀석을 잡지 못하셨잖아요?"

"그렇지. 대신 그 도시와 사람들을 구했지 않느냐?"

지크는 다시 입을 다물었다.

오딘이 오기 전까지 지크와 사바신, 레디는 이 세계에 퍼진 렘런트들을 사냥하며 옛 신들을 추적했다.

렘런트들은 굳이 찾아다닐 필요가 없었다. 그들 역시 옛 신들을 쫓고 있었기 때문에 추적만 제대로 한다면 문제될 것이 없었다.

문제는 바로 옛 신들이었다.

셋으로 구성된 그 신들은 지크 일행이 이전까지 상대했던 그 어떤 신들보다 강력하고 영리했다. 특히 그들의 대장으로 보이는 신의 능력은 지크 일행에게 부상은 물론 박탈감까지 선사했다.

보름에 걸친 추격전 끝에 인구 수천 명 규모의 도시 근처에서 그 옛 신들을 붙잡은 지크 일행은 그들을 죽여서라도 놓치지 말자는 각오하에 싸움에 임했다.

바람과 땅이 진동하고 홍수가 몰아쳤다. 셋이 발휘할 수 있는 능력이 총동원됐음에도 불구하고 그 세 명의 옛 신은 아주 간단히 그들을 쓰러뜨렸다.

그 옛 신들 중 한 명이 싸움을 마무리 짓겠다며 대홍수를
일으켰다.

레디의 능력은 주변의 모든 물을 제어하는 것인데, 신이 발
휘한 홍수는 레디의 능력을 완전히 초월한, 보다 더 전투 병
기에 가까운 홍수였다.

물도 그냥 물이 아니었다. 그 옛 신이 사용한 물은 걸어서
일주일 거리에 존재하는 바닷물이었다.

산과 숲, 땅을 매끈하게 깎으며 밀려오는 그 홍수는 아무도
막아내지 못했다.

도시까지 휩쓸리려는 순간, 도시와 홍수 사이에 공간의 균
열이 생겼다. 홍수는 균열로 쏟아져 들어갔고, 손쉬운 승리를
깔끔하게 만끽하려던 옛 신들은 긴장감을 품었다.

공간의 균열을 만들며 나타난 자가 바로 오딘이었다.

애꾸눈의 최고위 신은 옛 신 셋을 맨손으로 상대하는 무
용(武勇)을 적나라하게 과시했다.

세 명의 신 중 하나는 다른 신들의 도움을 받기도 전에 주
먹에 맞아 실신했다.

다른 둘은 홍수와 천둥번개를 동원하여 오딘을 공격했다.
오딘은 그들의 공격을 모두 무시하거나 각종 방어 능력을 사
용해 무용지물로 만들며 반격했다.

결국 두 신은 오딘이 지켜냈던 도시를 다시 공격하여 오딘

의 눈을 돌린 뒤 즉각 그 자리에서 도망쳤다.

오딘은 실신한 옛 신을 단단히 봉인한 뒤 자신에게 일을 의뢰한 주신계로 전송시켰다.

여기까지가 지크 일행이 무릎을 꿇기 직전까지의 상황이었다.

오딘은 모두가 보는 앞에서 고기를 뜯었다. 불에 막 구운 고기에 소금만 치는 것뿐인데도 먹는 사람이 너무 맛있게, 혹은 멋있게 먹는 바람에 세 명 모두가 속으로 군침을 삼켰다.

"고기를 정말 좋아하시네요?"

지크의 말에 하얗고 풍부한 오딘의 눈썹이 뿔 달린 투구 속에서 위아래로 움직였다.

"아스가르드의 전사는 고기로 통하는 법이지."

"고지혈증 걸리실 텐데……."

"후, 늑대가 풀을 뜯는 소리를 하고 있군."

셋이 다시 침묵했다.

"너희들, 하이엘바인을 만난 적이 있지?"

오딘이 묻자 셋의 안색이 확 바뀌었다.

"하이."

"엘."

"바인님이요?"

희한한 방식으로 하이엘바인의 이름을 읊조린 셋은 맨몸

으로 서릿바람을 맞은 사람들처럼 몸을 파르르 떨었다.

"재미있는 놈들이군. 그 애에게 죽도록 맞았다는 얘기는 들었다만 정말 그런 게냐?"

"……."

"흠. 믿기 힘들겠지만 그 애도 나만큼 먹지. 자연을 통해서 힘을 보충할 수도 있지만, 일단 가진 힘의 양만큼 에너지를 보충하지 않으면 몸을 유지하기가 힘들거든."

"고기로 그게 다 채워지나요?"

"설마 신과 신족이 인간과 똑같은 소화기관을 가졌을 거라 생각하진 않겠지?"

"그, 그렇군요."

지크가 다시 멋쩍어했다.

오딘은 다 먹은 고기의 뼈를 옆으로 던졌다. 아까부터 그가 던져 쌓은 뼈들의 높이는 이제 인간 남성의 평균 키에 가까울 정도가 됐다.

"나도 진짜 신이었을 때는 굳이 이렇게 먹을 필요가 없었 단다. 창조주 급의 신들은 굳이 먹지 않아도 힘을 보충할 수 있지. 자신을 유지시키기 위한 에너지를 창조하면 되거든. 내 경우에는 단순히 먹는 재미를 위해 이렇게 고기를 즐긴 적이 많았는데, 신으로서의 권능을 잃은 지금은 음식 섭취가 거의 필수가 됐지."

오딘은 새로운 고기를 불 위에 올렸다.

"뭐, 싫진 않아."

그가 지크 일행에게 손짓했다.

"와서 먹어라. 이제부터 배를 든든하게 만들어놔야 한다. 할 일이 아주 많거든."

"그럼 잠시만……."

사바신이 실례를 표한 뒤 숲 속으로 들어갔다.

그는 고깃덩어리가 반쯤 익을 때쯤 돌아왔다. 그의 손에는 각종 풀들이 잔뜩 쥐어져 있었다.

"그건 약초가 아니냐?"

오딘은 그의 손에 잡힌 모든 풀들을 한눈에 알아봤다.

"매운맛 때문에 간단한 양념도 되지요."

"호오."

사바신은 약초를 자르고 다져 즙을 낸 뒤 그것을 고기 위에 뿌렸다. 단백질과 지방이 타는 냄새만 진동하던 숲에 신선한 기운이 섞였다.

가장 먼저 고기를 먹어본 오딘이 만족스러운 미소를 지었다.

"좋은 솜씨군."

엄중하기만 하던 그의 눈매가 서글서글해졌다.

"넌 강한 남자로구나, 사바신. 강한 남자는 자고로 상냥하지."

그 순간 지크와 사바신, 레디는 어떤 사실에 대해 공감했
다.

'아, 끈끈해.'

그들은 오딘과 함께 걸을 짧은 길이 아주 남자답고 뜨거울
것이라는 예상을 해봤다.

'저 할아버지 몸만 봐도 그렇잖아? 근육질에 막⋯⋯.'

'강한 남자가 상냥하다는 법이 대체 어디 있어?'

'우와, 피곤할 거 같아.'

셋은 표정을 감춘 채 속으로 불만을 터뜨렸다.

조금 풀렸던 오딘의 표정이 다시 엄해졌다.

"다 들여다보인다, 이 녀석들."

셋이 동시에 움찔했다.

"자랑은 아니지만 난 창조주 급의 신이란다. 너희의 정신
방어 능력 따위는 아주 간단히 무시할 수 있지. 더불어 이 자
리에서 당장 네놈들을 여자로 만들 수도 있어. 참고로 난 금
발이든 흑발이든 녹색 머리든 상관없단다. 아스가르드의 전
사는 여자를 가려선 안 되는 법이거든."

두려움 섞인 침묵이 셋을 무겁게 눌렀다.

'과연 리오의 스승!'

지크가 시험 삼아 머릿속으로 외쳐 봤다. 그 대가는 오딘이

던진 뼛조각에 머리를 맞는 것이었다.

식사가 끝난 뒤, 오딘이 셋을 앞에 나란히 세웠다. 오딘의 키와 덩치는 사바신보다 훨씬 크고 육중했다. 위에 입은 흑철색 갑옷과 검은색의 털가죽 망토 때문에 그 느낌이 더욱 강했다.

"내가 하이볼크에게 받은 의뢰는 두 가지다. 하나는 네놈들을 좀 가르치는 것이고, 다른 하나는 네놈들이 쫓는 옛 신들을 잡아 주신계로 송환하는 것이지."

"오딘님께서 직접 나서신다고요?"

레디가 깜짝 놀라 묻자 오딘이 천천히 고개를 끄덕거렸다.

"그럴 만한 놈들이거든. 현재 각 세계에서 발생하는 렘런트 녀석들 때문에 대체 인력조차도 부족한 상황이란다. 덕분에 너희는 두 번 다시 경험할 수 없는 멋진 광경을 보게 될 거다."

"오오."

그들은 그 '멋진 광경'이 과연 무엇일지 꿈에도 모른 채 즐거워했다.

"그럼 분위기를 바꿔보자꾸나."

오딘의 짙은 은색 눈동자에서 강력한 빛이 터졌다.

세상이 순식간에 회색으로 물들었다. 녹색이던 풀잎도, 붉은색으로 타오르던 모닥불도 탈색되어 흐트러졌다.

하늘은 붉어졌고, 태양은 아주 흐린 조명으로 바뀌었다.

지크 일행은 오로지 자신들과 오딘만이 색깔을 가지고 있다는 사실에 경악했다.

"지금 뭐 하신 거죠?"

"시간을 멈추고 공간을 단절시켰지. 지금 이렇게 해놔야 우리 때문에 피해를 입는 존재들이 없단다."

그러자 지크가 씩 웃었다.

"하, 하하. 뭔가 대단한 말씀을 아주 쉽게 하시네요."

"네놈이야말로 나를 계속 무시하는구나. 난 창조주였다니까?"

"……"

"지금은 아무것도 없는 공간에 행성과 태양, 별을 만들어 배치하진 못하지만 제한적인 시공간 조작은 아주 간단하게 할 수 있지. 내 입장에선 종이비행기를 접는 것보다 쉬워."

"정말이요?"

"그렇다니까? 보고도 못 믿겠느냐?"

따분한 얼굴로 따지던 오딘의 표정이 갑자기 진지해졌다. 마냥 장난을 칠 것만 같던 지크의 표정이 새파랗게 질려 있었기 때문이다.

"그럼… 제가 살던 세계의 시간도 되돌려주실 수 있나요?"

"뭐라고?"

오딘이 눈을 부릅떴다.

"다, 다른 뜻은 없어요. 거기서 차마 못하고 온 게 많아서……."

친구의 그런 흔들림에 사바신과 레디는 말없이 난감해했다. 그들은 친구의 마음속에 과거에 대한 그리움이 아주 강하게 남아 있다는 사실을 다른 누구보다 잘 알고 있었다.

"미련이 남아 있구나?"

"그게… 사실 아직 실감이 안 나요."

지크는 솔직히 말했다.

"아직도 잠에서 깨어나면 제집일 것 같거든요. 어머니가 만들어주신 수프와 빵으로 아침식사를 하고, 저는 직장 동료들이랑 다투면서 나쁜 녀석들과 싸우는 거예요. 이거 제가 이상한 거죠?"

"그것 때문에 고민해 왔느냐?"

"…예."

그의 대답은 솔직했다.

"그럼 됐다. 고민은 깊고 오래될수록 좋지."

오딘이 수염을 긁었다.

"사내의 마음은 밭과 같아서, 고민하면 할수록 넓어지는 법이거든."

조금 마른 듯한 지크의 얼굴이 가라앉았다. 오딘의 말은 그만큼 강하게 청년의 가슴을 때렸다.

"단지 사로잡히지만 않으면 된단다. 누군가를 남기고 왔다고 해서 슬퍼한다면 넌 여자애보다 못한 놈이 되는 거야."

"그 여자애가 하이엘바인님은 아니겠죠?"

"잘 맞췄군."

지크의 마음속에서 피어오르기 시작했던 오딘에 대한 존경심이 깡그리 사라졌다.

"그럼 이제부터 좀 아픈 수업을 해보자꾸나. 우선 지크, 네놈에게 줄 선물이 있다."

그는 지크에게 손을 뻗었다. 그의 손에서 휘날린 빛들이 손잡이가 달린 쇳덩어리로 변해 지크에게 날아갔다.

"으악!"

그 물건을 다급히 받아낸 지크는 자못 당황했다.

"이건……?"

"네가 있던 세계에선 그것을 권총이라고 불렀지?"

"예, 그렇죠."

하지만 그 권총은 지크가 태어나고 자라온 세계에서 사용한 것과 겉모습만 대강 비슷할 뿐, 적용되어 있는 이론은 완전히 달랐다.

그것은 직사각형의 검은색 쇳덩어리에 갈색 나무로 된 손잡이가 달린 장난감에 불과했다.

철저하게 지크의 입장에서만 보자면 그랬다.

"이걸로 뭘 하라는 거죠?"

"쏘라고. 탕탕."

지크는 오딘이 자신을 놀리는 게 아닌가 싶어 기분이 나빴다.

"믿지 못하는 놈에게는 시범을 보여주는 수밖에 없지."

오딘의 오른손에 지크가 들고 있는 것과 똑같은 모양의 권총이 나타났다.

"듣자 하니 넌 공기를 제어하는 능력뿐만 아니라 스스로 전기를 발생시키는 능력도 갖고 있다더군. 태생적이라지? 대신 마법 소질이 형편없지만."

"예… 뭐……."

지크의 목소리가 죽었다.

"그렇다면 이 물건이 너에게 도움을 줄 거다."

오딘의 손에서 전류가 파랗게 일어났다. 그 전류는 권총 안으로 빨려 들어갔고 총구를 통해 배출됐다. 그 파란색 탄환에 닿은 바위가 깨끗하게 관통되어 흰 연기를 뿜었다.

바위는 충격에 관통된 것이 아니었다. 녹은 것이었다.

총의 파열음과 탄환의 속도, 그리고 위력이 지크에게 충격을 주었다.

"우와! 마법인가요?"

"난 네가 가진 능력에 맞게 힘을 조절하여 사용했단다. 그 말인즉 너도 이렇게 할 수 있다는 뜻이지."

"그럼 쏘는 방법을 가르쳐 주세요! 빨리요!"

지크가 어린아이처럼 졸라댔다. 오딘이 코웃음을 흘렸다.

"방법은 내가 누군지, 그리고 너 자신이 누군지 알게 되면 자연스레 깨닫게 될 거다."

"예?"

오딘은 지크가 들고 있는 총을 빛으로 분해시켜 빼앗았다.

"사내와 사내가 서로를 가장 빨리 알아가는 방법은 하나뿐이지."

그리고는 두 주먹을 쥐며 몸을 조금 낮췄다. 그 모습이 뿔 투구 때문에 꼭 성난 들소처럼 보였다.

"덤벼라."

지크는 어리둥절한 얼굴로 사바신과 레디, 오딘을 차례차례 둘러봤다.

"저어, 이건 결과가 너무 뻔한 싸움이잖아요?"

"네 능력, 네 기술에 나를 맞추는 것은 시공간을 뒤트는 것보다 쉽지."

"음……."

그래도 지크는 오딘이 영 미덥지 못했다.

'이런 상황에선 항상 겁나게 두들겨 맞았거든.'

그가 우물쭈물하자 오딘이 도발적으로 주먹을 흔들었다.

"부담 갖지 마라. 이 세계는 네가 파괴하고 싶어도 할 수 없고, 행여나 네가 죽으면 내가 곧장 되살려줄 것이다."

"음⋯⋯."

"후후, 네놈이 왜 리오 녀석의 엉덩이만 보고 사는지 좀 알 것 같군. 녀석은 하루 동안 수십 번을 죽고 되살아난 적도 있지."

풀려 있던 지크의 주먹이 순간 꽉 쥐어졌다. 갑작스런 긴장으로 인해 일어난 전류가 그의 팔뚝을 타고 어깨까지 치밀었다.

"네놈은 그 녀석보다 재능이 없는 게 아니야. 단지 아까처럼 뒤로 도망치려 하는 습성이 있을 뿐이지."

시간을 되돌려달라고 했던 지크의 부탁과 통하는 부분이었다.

"한두 번은 괜찮아. 넌 기본적으로 신이 아니라 인간의 사고방식을 갖고 있기 때문에 충분히 그럴 수 있지. 하지만 그 사소한 도망이 쌓이고 쌓여서 어디로 갈 것 같으냐?"

오딘이 바위 같은 자신의 두 주먹 뒤에서 웃었다.

"그것이 너와 리오의 간격이다."

지크의 기분이 나빠졌다.

아까와는 달랐다. 그것은 단순한 분노가 아니라 오랫동안 찾아 헤매다가 결국 포기해 버렸던 감정이 갑자기 되살아나면서 일어난 감정의 반동이었다.

"이런 식으로 수업하면 정말 괜찮은 거예요?"

지크가 주먹을 쥐었다. 야생마처럼 질기고 늘씬한 그의 몸에서 신선한 투지가 일어났다.

"잘 아는 표정이 아니더냐?"

오딘의 미소가 전사의 것으로 변했다.

하얀색의 선풍이 전류를 머금고 오딘에게 불어닥쳤다.

오딘은 자신의 얼굴을 노리고 들어온 주먹을 붙들어 옆으로 꺾었다. 발이 땅에서 떨어진 지크의 머리가 옆쪽에 있는 바위와 충돌했다.

도마에 놓인 생선을 치듯, 오딘이 발로 지크의 머리를 찍어 내렸다. 바위가 부서지면서 지크의 몸이 튕겨 나갔다.

"크악!"

방금 전의 공격에 이마가 찢어진 지크는 공중에서 고양이처럼 몸을 틀어 중심을 잡은 뒤 무사히 착지했다.

'기분에 취해서 먼저 뛰어들다니, 멍청하게!'

지크는 자신을 탓하며 침착함을 유지하고 오딘과의 거리를 충분히 두기로 했다.

"어리석은 놈."

지크는 갑자기 들린 오딘의 목소리를 따라 고개를 옆으로 돌렸다.

그의 얼굴에 오딘의 두꺼운 손등이 박혔다. 지크가 밟은 땅이 툭 터질 정도로 강력한 일격이었다.

지크는 술에 취한 사람처럼 비틀거리며 뒷걸음질을 쳤다. 오딘은 늠름하고 당당한 걸음으로 그 젊은이를 쫓아갔다.

"네놈에게 침착함이 어울릴 것 같으냐?"

오딘의 검은색 털가죽 망토가 요동쳤다. 정맥이 요란하게 불거진 그의 근육질 오른팔이 유령의 것처럼 희미해졌다.

레디와 함께 묵묵히 구경하던 사바신은 굳게 끼고 있던 팔짱을 스스로 풀 정도로 당황했다.

'저건……?'

오딘의 팔은 사라진 게 아니었다. 그 사실은 오딘의 망토에 맞춰 펄럭펄럭 두드려 맞고 있는 지크가 몸으로 증명했다.

"으아아악!"

지크는 고속으로 꽂혀오는 주먹에 대해 막거나 피하기를 수백 차례 시도했다. 하지만 주먹 하나하나가 상하좌우로 흔들리며 들어오는 통에 어찌할 수가 없었다.

"흠!"

오딘의 강력한 돌려차기가 지크의 옆구리에 박혔다. 충격을 받은 그의 몸이 숲을 깎고 밀어내며 저 멀리 날아갔다.

오딘의 시공간 조작에 의해 정지된 세계는 먼지만 날릴 뿐,

고요했다.

레디가 당황하여 사바신을 불렀다.

"사바신, 방금 저 기술은 분명……?"

"음."

아까 사바신이 놀란 이유는 기술의 속도 때문이 아니었다.

"지크 녀석의 기술이야."

그는 오딘의 능력을 더 이상 무시할 수 없었다.

오딘과 지크의 대면은 이번이 처음이었다. 그런데 늙은 옛 신은 지크가 사용하는 격투 기술의 구조와 개념을 정확히 파악하고 사용했다.

'저건 뇌, 아니, 몸 전체의 기억을 훑어서 통째로 흡수하지 않으면 불가능해.'

하지만 사바신은 오딘이 지크를 읽어내는 모습을 본 기억이 없었다.

'창조신이었던 존재의 힘이 저런 것이구나.'

자세를 푼 오딘이 주먹을 내리며 자신의 기운을 바로잡았다.

"네놈은 성격상, 그리고 타고난 신체 능력상 침착한 공격을 할 수 없단다."

그가 손가락을 까딱했다. 나무와 돌무더기 속에 파묻혀 있던 지크가 그의 앞으로 이동됐다.

팔다리와 몸이 끔찍하게 꺾인 지크의 모습에 레디의 안색이 파랗게 떴다.

"죽어버렸군. 나약한 놈이로다."

굉장한 말을 아무렇지 않게 내뱉은 오딘은 투구를 벗고 백발을 정돈했다.

"일어나라."

핏덩어리나 다름없던 지크가 오딘의 한마디에 번쩍 눈을 떴다. 의식뿐만 아니라 부러진 그의 몸과 팔다리도 번쩍 돌아왔다.

"어?"

그는 벌떡 일어나 자신의 몸을 더듬어봤다. 오딘의 돌려차기에 맞아 갈비뼈와 척추가 꺾이는 것이 그의 살아생전 마지막 기억이었다.

"혹시 저 죽지 않았나요?"

"죽었지. 그리고 살렸지."

지크는 눈앞의 노인이 거짓말을 하는 게 아닐까 생각했다.

그는 친구들을 흘끔 봤다. 원래 마음이 약한 레디는 그렇다쳐도 진지한 상황에선 바위처럼 흔들리지 않는 사바신의 표정이 바보 같았다.

'정말 죽고 살아났나 보네?'

지크는 한숨을 쉬었다.

"살아났으니 다시 말해주마. 넌 성격상, 신체 능력상 다른 놈들처럼 침착한 공격을 할 수 없어."

"예? 왜요?"

"너란 놈 자체가 그래. 머릿속에선 침착함을 부르짖어도 본능적으로는 이것저것 신경 쓰게 되고 결국 난기류처럼 산만해지지. 기본이 그렇다 이거야."

"으윽……!"

지크는 부정하고 싶었다. 그러나 상대는 한때 창조주였던, 죽은 자를 단 한 순간에 완벽히 되돌려주는 절대적인 존재였다.

"하지만 너를 고른 하이볼크는 멍청이가 아니야."

오딘이 큰 손으로 지크의 어깨를 턱 덮었다.

"너는 네 상대의 침착함마저 날려 버릴 수 있어."

짜증과 열등감으로 인해 일그러지던 지크의 모든 것이 오딘의 말에 수축을 중단했다.

"네놈이 그 메타트론과 정면으로 싸웠다지? 메타트론은 나와 하이엘바인도 인정한 거물이야. 넌 그런 대단한 자를 몰아붙였단다. 그때를 생각해 봐라."

오딘은 노크하듯 검지의 관절로 자신의 투구를 툭툭 때렸다.

"그것이 바로 네 재능이다."

"호오."

웃음소리를 낸 지크는 뒷걸음질로 오딘의 손에서 벗어났다.

"듣고 보니 할아버지와 저는 서로를 더 알 필요가 있을 것 같네요."

"그렇단 말이지?"

오딘이 지크를 내려다보며 팔짱을 꼈다.

"뭐든 해봐라, 지크 스나이퍼."

"헤에, 난 성씨까진 얘기한 적 없었는데?"

지크와 오딘의 오른팔이 사라졌다.

사바신과 레디가 급히 엎드렸다. 보호막까지 두껍게 친 그들의 머리 위로 부서진 바위와 나무들이 태풍에 맞은 낙엽처럼 날아갔다.

그 폭발의 중심부에서는 오딘의 큼직한 주먹과 지크의 단단한 주먹이 바람과 전류를 동일하게 일으키며 첨예하게 대립했다.

"기술을 만드는 창의력은 좋지만 하나같이 조잡하군! 도중에 멈추면 끝장나는 것들뿐이야!"

오딘이 지크를 윽박질렀다.

"어쩌라고요!"

지크가 오딘의 주먹을 잡고 도약했다. 상대의 두꺼운 팔을 지지대 삼아 물구나무서기를 한 그는 긴 다리를 뻗어 오딘의 머리를 노렸다.

무수히 쏟아지는 발차기 공격을 목만 살짝 움직여 피한 오딘은 왼발을 높게 들어 지크를 걷어찼다. 큰 몸집에 어울리지 않게 유연하면서도 빠른 발차기였다.

그의 발은 정확히 지크의 머리를, 그것도 후두부의 급소를 겨냥하고 있었다.

'이런!'

지크는 어깨를 밀쳐 머리가 당하는 것만은 막아냈다. 하지만 어깨뼈에서 지르는 비명만큼은 피할 수 없었다.

오딘은 공중에 떠버린 지크를 똑바로 관찰하며 주먹을 내지를 태세를 잡았다.

"네놈은 정지된 대기를 바람이라고 부르나?"

오딘의 주먹이 충격파를 싣고 지크를 덮쳤다.

"끝없이 움직이는 것, 그것이 바로 바람이다!"

굵직한 주먹이 일으키는 대기의 폭발이 끊임없이 하늘을 두들겼다.

"으아아아아악!"

지크는 주먹의 폭풍 속에서 잔인하게 유린당했다.

오딘의 기술은 확실히 빨랐지만 지크가 충분히 느끼고 대처할 수 있는 수준이었다. 하지만 대처하려 해도 상대의 저돌적이고 원시적인 기세로 인해 집중력이 흐트러져 어찌할 수가 없었다.

온몸이 망가질 무렵, 오딘이 주먹질을 멈추고 지크를 향해 뛰어올랐다.

"멈춰 버린 바람의 종점은 오직 하나!"

오딘의 날아차기가 지크의 가슴에 직격했다. 충돌 지점에서 만들어진 폭발이 대기를 밀어내고 땅을 짓눌렀다.

"소멸뿐!"

오딘의 일갈과 함께 사바신과 레디는 지크의 몸이 폭발 속에서 발기발기 찢겨 사라지는 것을 똑똑히 목격했다.

"아아아……!"

레디는 지크가 방금 '죽은' 하늘과 사바신을 바삐 쳐다봤다. 사바신은 턱의 근육만 긴장시킬 뿐, 아무 반응도 보이지 않았다.

폭발의 여파로 평평하게 된 땅에 오딘이 착지했다.

옛 신은 손가락을 튕겼다.

"다시!"

오딘의 발 앞에 지크가 멀쩡한 모습으로 나타났다. 오딘은 그물을 잡듯 지크의 붉은색 재킷을 꽉 쥐어 그를 일으켰다.

"네놈이 정신을 차릴 때까지 죽음은 계속될 것이다."

그는 지크를 던지듯 놓아주었다.

"제길!"

지크는 손에 낀 펑크글러브가 터지도록 주먹을 쥐었다. 그의 두 손을 감싼 소용돌이가 전류를 머금고 타닥거렸다.

두 팔에 걸린 힘을 제어하기 위한 지크의 발악이 발밑의 땅을 깨뜨렸다.

"몇 번이고 죽어주겠어!"

*   *   *

오딘과 지크, 사바신, 레디가 있던 장소는 수만 년 동안 침식을 거듭해 온 계곡만큼 장엄하게 변해 있었다.

그 계곡의 밑바닥엔 지크와 사바신, 레디가 각각 떨어진 채 뒹굴고 있었다.

그들 모두는 숨을 쉬지 않았다. 시체가 된 채 싸늘하게 식어갈 뿐이었다.

강철로 된 의자에 앉아 잠시 쉬던 오딘은 뒷목을 마사지하며 일어나더니 늙은 짐승처럼 크게 하품했다.

"세 녀석 합쳐서 200번째의 죽음이군."

"큭……!"

지크가 숨을 토했다. 사바신과 레디도 눈을 번쩍 떴다.

되살아난 그들은 벌떡 일어나 얼굴에 묻은 흙을 털었다.

사바신과 레디는 지크가 비교적 멀쩡한 상태로 죽음을 맞이하는 시점부터 오딘의 '교육'에 참가했다.

지크가 그러했듯 사바신과 레디 역시 자신들의 기술에 의한 죽음을 당해야 했다.

다른 둘과 달리 유일하게 무기 사용이 허가된 레디는 오딘이 자신의 것과 똑같은 무기를 사용하는 모습을 혼자 목격했다.

레디는 서른네 번째의 죽음을 넘긴 후 자신이 시공간 왜곡 속의 왜곡, 즉 중복 왜곡을 경험하고 있음을 깨달았다.

지크와 사바신, 레디는 3대 1로 오딘과 싸운 게 아니라 오딘이 만든 세 개의 중복 왜곡 공간 속에서 일대일로 싸우고 있었던 것이다.

'두 번 다시 경험하지 못할 광경이라고 하셨지?'

레디는 처음에 오딘이 했던 말을 떠올려 봤다.

'시공간을 왜곡시키시고, 그 왜곡 속에 세 개의 왜곡을 더 만드셨어. 평행세계라는 게 이렇게 간단히 만들어지는 개념이었나?'

레디는 심장이 두근거렸다.

'이전까지 만나고 싸웠던 신들이 신처럼 보이지 않을 정도야.'

오딘이 레디를 보며 씩 웃었다.

"개성만 없지, 머리는 잘 돌아가는 놈이로구나."

그의 칭찬에 녹색 머리 미청년은 볼을 붉혔다.

"좀 쉬겠느냐?"

"이제 죽는 것도 지겨워요."

지크가 아주 지쳐 말했다.

"그래, 쉬자."

오딘은 아까 앉아 있던 자신의 철제 의자에 걸터앉았다. 그와 동시에 격렬한 전투로 계곡이 되어버린 주변 지형이 말끔히 복구되었다.

시공간 왜곡까지 풀리면서 대기까지 움직였다. 온통 회색이었던 세상이 자기 색을 되찾았다. 상쾌한 바람이 모든 이들의 머리카락을 흔들었다.

"고기를 구해오고 모닥불을 피워라. 너희도 좀 먹어야지?"

오딘의 지시에 지크 일행은 서둘러 움직였다.

잠시 후, 옆에 고기를 잔뜩 쌓은 일행은 오딘과 함께 부지런히 배를 채웠다.

고기를 입에 문 셋의 눈빛이 방금 닦은 거울처럼 반짝거렸다. 200번의 죽음이 만들어낸 변화였다.

한참 고기를 먹던 사바신이 오딘을 슬그머니 봤다.

"오딘님."

"왜?"

"브리간트님보다 강하시죠?"

오딘의 남은 눈이 투구 속에서 움직였다.

"음하하하하!"

그가 껄껄 웃었다.

"왜 하필 브리간트냐?"

"여러 가지로 감정이 있으시잖아요?"

오딘을 대하는 사바신의 말투가 처음보다 부드러웠다. 오딘이 했던 말처럼 싸움을 통해 서로를 알게 된 덕분이었다.

"흠, 그렇지. 좀 아는구나."

오딘은 고기를 우물우물 씹었다. 청년들은 이야기꾼 할아버지의 다음 말을 기다리는 손자들처럼 숨을 죽이고 대답을 기다렸다.

"브리간트 정도는 약 20억 8천만 번 정도 여유롭게 죽일 수 있지."

제법 강력한 말을 내뱉은 노인은 고개를 기울였다.

"하지만 이기진 못해. 녀석은 창조주 급 신이기 때문에 힘을 잃지 않고 끝없이 되살아나거든. 반면 난 힘이 다해서 결국 소멸하게 될 거야."

오딘은 고기를 다시 씹었다.

"그런 브리간트 역시 나처럼 신으로서의 자격을 상실하는 운명을 맞이하겠지. 너희가 과연 언제까지 하이볼크의 심부름을 하게 될지는 모르겠다만, 언젠가는 너희도 지금의 심부름을 그만두게 될 날이 올 거다. 운명의 힘이란 그런 것이거든."

"운명 역시 신이 결정하는 게 아니었나요?"

레디의 질문에 오딘은 고개를 흔들었다.

"인간의 운명과 신의 운명은 그 궤도가 다르단다."

그가 하늘을 봤다.

"하이볼크는 내 뒤를 이어 '가장 위대한 신'이 될 운명을 가진 존재였단다. 난 그가 아스가르드를 맡을 줄 알았고, 내 부인 역시 그리 예언했지. 그런데 하이볼크가 주인이 될 신계는 아스가르드가 아니라 지금의 신계였단다. 덕분에 난 이렇게 힘만 센 늙은이가 되어버렸지."

지크는 그냥 흘러가듯 말하는 그의 모습이 영 거북했다.

"저항은 안 하셨나요?"

"당연히 모든 것을 걸고 싸웠지. 위대한 아스가르드의 전사가 운명에 굴복할 리가 없지 않느냐? 하지만 내가 아스가르드를 만들 때 태초의 거인, 이미르가 속수무책으로 당했던 것처럼 나 역시 하이볼크가 만드는 신계를 막을 수는 없었지."

오딘은 잠깐 들었던 고기를 다시 불 위에 올리고 이리저리 돌렸다.

"하지만 그것은 멸망이 아니란다. 태초의 태초가 과연 무엇인지는 나도 모르겠다만 신들의 세대 교체는 어떤 것을 이어나가기 위한 일종의 순환 고리일 거라고 난 본단다."

"리사이클(Recycle)이군요."

지크가 자신이 살던 세계의 용어를 꺼냈다.

"재활용? 후후, 뭔가 좀 아는 척을 했다만 그건 아니란다. 재활용을 한다고 해서 알루미늄이 금으로 바뀌진 않지 않느냐?"

"예?"

'알루미늄' 이라는 단어에 지크가 깜짝 놀랐다.

"제가 살던 세계를 아시나요?"

"물론이지."

오딘이 사내답게 웃었다.

"그곳 아가씨들의 발육 상태가 가장 좋거든!"

"오, 오오……."

지크의 목소리가 실망감으로 떨렸다. 사바신과 레디는 그냥 먹는 것에 집중했다.

식사를 마치고 쉬는 도중, 사바신이 만든 탕약을 음료 삼아 마시며 시간을 보내던 오딘이 심심함을 달래기 위해 입을 열었다.

"사바신과 레디."

"예, 오딘님."

사바신은 고개만 돌렸고 레디는 대답까지 충실하게 했다.

"너희는 하이볼크를 만나기 전에도 인연이 있었다고 들었는데, 사실이냐?"

그의 질문에 사바신과 레디 모두 의아해했다.

"저희의 기술을 완벽하게 읽어내신 분께서 왜 굳이 그런 질문을……?"

사바신이 반대로 묻자 오딘은 탕약이 담긴 목재 컵을 든 채 어깨를 으쓱했다.

"사생활까지 전부 읽어버리면 남의 이야기를 듣고 이해하며 알아가는 재미가 없어지지 않느냐?"

"오해가 생길 수 있잖아요?"

이번엔 지크가 물었다. 오딘은 히죽 웃었다.

"오해도 하나의 재미지. 존재의 증거가 아니더냐?"

그렇게 나오니 지크로서는 딱히 뭐라고 할 수가 없었다.

사바신은 눈을 감고 침묵을 지켰다. 두껍고 진한 그의 검은색 눈썹은 돌처럼 묵직했다.

'나보고 이야기하라는 소리네.'

친구의 뜻을 이해한 레디가 짧게 한숨을 내쉬었다.

"사바신은 원래 큰 나라의 왕자님이었죠. 그리고 저는 시종이었고요."

둘의 이야기를 아주 예전에 들어 알고 있는 지크는 근처에 있는 나무 중 가장 튼튼한 가지를 가진 녀석의 위로 올라가 드러누웠다.

"저희가 살던 나라는 특이했답니다. 국민 100명 중 99명이 마법을 사용할 수 있지만 그 능력이 그리 좋은 건 아니었고, 육체적 능력은 부족했지요. 그래서 인근에 사는 야만인 부족들의 침략을 걱정해야 했죠."

레디의 이야기가 계속됐다.

"전쟁에 대비해 남자들은 신분 여하를 막론하고 여덟 살이 되는 해부터 매년 중요한 시험을 봐야 했어요."

"시험이란?"

오딘이 물었다.

"맨손 격투랍니다."

레디는 옆에 앉은 사바신을 돌아봤다.

"사바신은 그 시험에서 5년 연속으로 1등이었어요. 그 결과 왕국을 이어갈 왕자님이 됐죠."

"왕가에 입양됐단 말이냐?"

오딘이 사바신에게 물었다.

"그렇죠."

사바신은 오딘을 한번 본 뒤 다시 시선을 피했다.

"그 나라의 오랜 전통이라서 친부모님은 오히려 좋아하셨죠. 저도 그랬고 말이에요."

그의 말에는 후회가 섞여 있었다.

레디가 차분히 말을 이어나갔다.

"마법에 대한 소질만 좋았던 저는 사바신의 시종이 됐고 함께 수행을 떠났죠. 왕가의 수행장에서 10년 동안 수행을 쌓는 것도 전통이었거든요."

그의 예쁘장한 얼굴이 어두워졌다.

"수행을 마치고 나라로 돌아왔을 때 저희를 반겨준 것은 큰 전쟁이었어요."

"침략을 받았나?"

오딘이 묻자 레디는 고개를 끄덕거렸다.

"야만인 부족들이 연합해서 침략했던 거죠. 저희는 뒤늦게 전쟁터로 달려갔지만 이미 기울 대로 기울어 버린 전세를 뒤집지는 못했답니다. 결국 저희는 모두와 함께 죽을 생각으로 최후의 최후까지 저항했는데, 정말로 죽기 직전에 휀 라디언트 선배가 나타났죠."

"녀석이 너희를 구하여 주신계로 인도했고?"

"예."

"흠, 그렇구나."

오딘은 안개처럼 뿌옇게 미소를 지었다.

"이제 와서 묻긴 그렇지만 하이볼크의 제안을 받아들인 것에 후회는 없느냐?"

둘은 말이 없었다.

사실 그들은, 지크까지 포함한 셋은 하이볼크를 처음 만났을 때 자신들의 미래가 어떻게 될지 까맣게 모르고 있었다.

임무를 받으면 해결하고, 해결하는 와중에 이런저런 계기를 통하여 강해지면 그 뒤에 기다리는 것은 약간의 휴식과 새로운 임무였다.

가끔은 성취감을 얻을 때도 있지만 아무런 자극도 없는 반복 생활의 지루함과 가끔씩 닥치는 허탈감, 그리고 무력감은 그들을 장기적으로 우울하게 만들었다.

그들의 젊음이 원하는 것은 점차 강인해지는 자신의 몸과 마음이 아니었다.

우울함이 깊어질수록 과거에 대한 미련과 그리움은 강해졌다.

만약 그들이 함께 다니며 서로를 지탱해 주지 않았다면 어떤 큰 사고를 우발적으로 저질렀을지도 모른다.

"지금 네놈들에게 부족한 것은 힘이 아니야."

오딘의 말을 쫓듯 지크와 사바신, 레디의 눈동자가 커졌다.

"바로 동기(動機)다."

옛 신이 팔짱을 낀 채 일어났다.

"그리고 그것이 네놈들과 다른 놈들의 차이다."

오딘이 다시금 시공간을 조작했다. 대기가 멈추고 세상이 회색으로 물들었다.

"휴식은 끝났다. 다시 한 번 죽음을 경험하며 깨달아라."

"아, 한 가지만 여쭤볼게요."

나무에서 내려온 지크가 말했다.

"리오 녀석의 동기는 뭐죠? 왠지 할아버지께서 부여해 주셨을 것 같은데요."

투지로 충만했던 오딘의 표정이 잠깐 풀어졌다.

"제자를 만들어보라고 했지."

"헤에, 여자가 아니고요?"

순간 오딘의 주먹이 지크의 안면에 적중했다. 이번 것은 개인 감정이 섞인 공격이었다.

장난하듯 웃고 있던 그 금발의 청년은 저 멀리 날아가 숲에 처박혔다.

"또 질문하고픈 놈, 있나?"

사바신과 레디는 얼른 싸울 태세를 갖췄다.

"그럼 시작해 보자꾸나."

*   *   *

선신계 장로 천사, 가브리엘은 총 열두 개의 직속 부대를 갖고 있다.

지금 남은 부대의 수는 열 개인데, 사라진 두 개의 부대는 얼마 전 가브리엘과 함께 지상으로 내려왔다가 하이엘바인에게 전멸당했다.

그렇다고 해서 다른 부대의 사기가 떨어진 것은 아니었다. 선신계 천사의 맹목적인 면과 천부적인 냉정함, 그리고 오랜 실전 경험은 그들을 잘 손질된 기계처럼 아무 문제 없이 움직이도록 도와주었다.

'카루엘'은 그 직속 부대들 중 한 부대의 대장이었다.

해저에서 공간의 문을 열고 지상에 나타난 카루엘과 그를 따르는 열 개의 소대는 목표지인 해안에 도달하자마자 날개를 감추고 은밀하게 이동했다.

바람처럼 움직이던 그들이 멈춘 곳은 기형적으로 생긴 바위산 밑에 위치한 깊은 밀림이었다.

카루엘은 소대장들을 불러 모은 뒤 그들 앞에 손을 벌렸다. 그의 손에서 흘러나온 빛이 근처 지형을 입체적으로 표시한 지도로 변했다.

지도를 띄운 그는 진한 녹색으로 도장된 투구에 손을 댔다. 밖을 볼 수 있는 창이 뚫리지 않은 그 답답한 투구가 하얀 빛을 남기며 사라졌다.

카루엘은 반들반들한 대머리였다. 탈모나 삭발이 아니라 투구를 쓰기 위해 머리카락 자체를 잠시 소멸시켜 둔 것이었다.

대머리에 더 익숙한 그 고위 천사는 여성형의 외모를 갖고 있었다. 선신계 천사는 중성이기 때문에 외모는 그리 중요하지 않았지만 미(美)의 황금 비례는 인간과 그 차원이 달랐다.

"가브리엘 장로님의 지시사항을 다시 전달해 주겠다."

카루엘이 말했다.

그들이 있는 숲을 포함하여 주변 지형 전체가 불길한 붉은색으로 점멸했다.

"우리의 최우선 목표는 이 지역에서 마지막으로 포착된 최고 등급의 옛 신 두 개체를 확보하는 것이다. 다수의 렘런트들이 이곳에 깔려 있고 우리와 마찬가지로 목표를 추적하고 있기 때문에 전투는 피할 수 없을 것이다. 렘런트들의 능력은 보잘것없지만 혹시라도 부대원이 그들에게 침식당한다면 지위 여하에 상관없이 함께 소멸시키도록 한다."

천사들이 고개를 끄덕였다.

카루엘의 부관이 손을 들었다.

"대장님."

"말하라, 부관."

"확보해야 할 옛 신은 세 개체가 아니었습니까?"

"우리가 강림했을 때 지시사항이 갱신됐다. 선발대의 보고에 의하면 셋 중에 한 개체가 주신계 녀석들에게 확보당했다는군."

천사들이 긴장했다.

"최고 등급의 신을 확보할 만큼 강력한 주신계 녀석들이라면, 설마……?"

"아니다. 지크, 사바신, 레디라는 이름의 하위 등급 요원들이다."

"그들이 그 정도의 능력을 갖추게 된 것입니까?"

"그 부분은 나도 의문이다. 선발대 역시 그에 대한 설명을 하지 못하고 있다."

천사들이 서로를 봤다.

"설명을 하지 못하다니, 우리 부대의 대원이 말씀이십니까?"

소대장 한 명이 물었다.

"그렇다. 일시적인 문제인지, 아니면 우리가 아직 정보를 접하지 못한 능력자의 개입인지는 알 수 없지만 그 주신계 녀석들 외에 무엇인가가 있는 것은 분명하다."

"그렇다면 그 주신계 녀석들은 어디 있습니까?"

"그것 역시 파악되지 않았다."

모두가 아무 말도 꺼내지 않았다.

"부대는 미리 정한 대로 둘로 나눈다."

카루엘이 정돈하듯 말했다.

"각 부대는 동쪽과 서쪽의 산길을 따라 이동하면서 렘런트는 조용히, 그리고 빠르게 처리하도록. 만약 양쪽 부대 중 어느 한 부대가 주신계 녀석들과 조우한다면 그들의 발을 최대한 묶어두는 것을 우선시하라."

"알겠습니다."

"그럼 소대장들은 각자에게 지급된 헤카테의 고리를 확인하라."

소대장들의 손에서 여섯 개의 고리가 오색 빛깔을 내며 떠올랐다.

"목표를 발견하면 아낌없이 사용하도록. 재차 주의하지만 목표는 최고 등급의 옛 신이다. 신족인 하이엘바인이 헤카테의 고리를 끊어낸 경우가 있었던 만큼 절대로 방심하지 마라."

"알겠습니다."

소대장들이 대답했다.

"그럼 이동한다. 우리 신계의 명예를 걸고 희생을 아끼지 마라."

"예."

두 패로 나뉜 천사들이 밀림 속으로 빠르게 이동했다.

크게 둘로 나뉘었을 뿐, 천사들은 소대 단위로 일정 거리를 유지한 채 움직였다.

열대성의 기후에 맞게 밀림은 무덥고 습하며 끈적끈적했

다. 더불어 덩굴을 비롯한 온갖 식물성 장애물로 인해 빠른 이동은 쉽지 않은 일이었다.

그러나 천사들은 날개를 단단히 접고 있음에도 불구하고 우월한 방향 감각과 운동신경, 지형 적응 능력을 이용해 밀림 속에 살고 있는 그 어떤 동물들보다도 빠르게 뛰어다녔다. 진흙과 늪은 장애물 축에 끼지도 못했다.

그들은 조용했고 조심스러웠다. 렘런트들은 문제가 아니었지만 이번 목표물인 옛 신들과 행여나 있을지 모를 주신계의 '녀석들' 때문에 지휘관인 카루엘과 소대장들뿐만 아니라 모든 천사들이 신중의 신중을 기했다.

카루엘이 이끌던 부대들이 갑자기 멈췄다.

[적이다.]

카루엘이 정신감응을 이용하여 적의 존재를 알렸다.

모든 천사들의 모습이 투명해졌다. 천사들은 그 상태로 카루엘을 따라 서서히 전진했다.

카루엘이 감지한 적은 렘런트였다. 하지만 카루엘은 의아했다. 자신들이 여태껏 알고 있던 렘런트와 지금 감지한 렘런트의 외형이 전혀 달랐기 때문이다.

밀림 속의 렘런트들은 천사들과 마찬가지로 회색의 두꺼운 갑옷을 입고 있었다.

'껍질인가?'

카루엘의 생각대로 렘런트의 갑옷은 진짜 갑옷이 아니라 갑옷처럼 보이는 껍질이었다.

하지만 지금까지와 달리 꼭 군대처럼 통일성을 갖추고 있었다. 또한 배치 상황과 움직임 역시 군대식이었다.

'진화를 한 것이라면 놀랍군. 가브리엘님의 예상을 넘어선 속도야.'

그는 렘런트들을 다시 살폈다.

렘런트들은 검과 도끼, 철퇴 등의 무기로 무장한 채 주변을 경계하고 있었다. 뭔가를 찾는다기보다는 지키는 것에 가까운 모습이었다.

무기의 성능과 갑옷의 능력은 카루엘의 입장에서 별 볼일 없었다. 하지만 그는 느낌이 좋지 않았다. 그들 중에 한두 개체 정도는 외양이 조금 달랐기 때문이다.

'아무것도 아니어야 할 존재들이 개성을……? 그럴 리가!'

그는 옛 신들을 확보하는 것보다 지금의 상황을 보고하는 것이 장래를 위해서라도 더 좋을지도 모른다고 생각했다.

[카루엘님?]

소대장 한 명이 그에게 정신감응을 보냈다.

[지시를 내려주십시오.]

[음.]

어찌 됐든 렘런트는 적이 아니었다.

그는 자신이 감지한 적들을 한꺼번에 노렸다.

인간은 한 개 이상의 목표물에 정신을 집중하기가 어렵다. 다수와의 싸움에서도 지지 않는 자들의 경우 빠른 판단과 예상을 바탕으로 태생적인 한계를 극복하려 할 뿐, 뒤통수에도 눈이 달린 것처럼 행동할 수는 없다.

하지만 천사들은 시각 외의 수단을 이용하여 많은 수의 적들을 동시에 노릴 수 있었다.

카루엘은 장기짝에 이름을 붙이듯 자신이 감지한 모든 렘런트에 고유번호를 붙인 뒤 그 정보를 부하들에게 하나하나 전달했다.

[폭발은 물론 일정 규모 이상의 소음이 일어날 만한 공격은 금물이다. 그리고 일격에 처리하도록. 목표를 배정받지 못한 자들은 주변을 감시하라.]

천사들이 명령 수령 여부를 간단한 정신감응으로 그에게 전달했다.

[시작하자.]

산개한 천사들이 은신을 유지한 채 렘런트들을 포위했다. 공격 방식까지 결정받은 터라 아군끼리 공격을 할 염려는 없었다.

외양이 조금 다른 렘런트를 향해 카루엘이 창을 던졌다.

두 개체의 렘런트가 몸과 머리를 각각 잃었지만 소리는 아주 작은 과실이 영글어 터질 때의 수준에 불과했다.

그 소리도 렘런트들에게는 큰 소음이었다. 천사들만은 못했지만 그들 모두가 생물의 한계를 아득히 초월하고 있었다.

[공격!]

카루엘이 지시했다.

렘런트들의 머리 위로 미리 대기하고 있던 천사들의 투창이 우수수 떨어졌다. 가장 바깥쪽에 있는 렘런트들은 진격한 천사들의 창에 몸이 꿰였다.

부글부글 끓던 렘런트들의 육체가 서서히 사라졌다. 모두가 계획대로 즉사했고, 근처에 있을 것으로 추정되는 다른 렘런트들에게 위험을 알린 흔적도 없었다.

좌우에서 투창 소리가 나자 천사들이 긴장했다.

나무 위에 교묘히 몸을 숨기고 있던 렘런트들이 주변을 감시하던 다른 천사들의 투창에 꿰어 떨어졌다.

[잘했다.]

카루엘의 칭찬에도 불구하고 천사들은 기계처럼 긴장의 끈을 놓지 않았다. 그들은 장로 직속의 정예 군대로서 그만한 훈련과 경험을 쌓아온 전문가들이었다.

[계속 이동한다.]

카루엘은 부하들과 함께 목표물이 마지막으로 확인된 지점을 향해 이동했다.

그는 반대편에서 올라가고 있을 부하들의 상황이 궁금했다.

그쪽은 그의 부관이 이끌고 있었는데, 옛 신들의 힘이 작용해서인지 아니면 하이볼크의 졸개들 때문인지 연락이 전혀 닿지 않았다.

또 다른 느낌이 카루엘의 감각 속에 들어왔다.

[적 발견. 렘런트다.]

그의 정신감응에 맞춰 모든 천사들이 우뚝 멈췄다.

[정확하게 우리 쪽을 향해 오고 있군.]

[렘런트가 우리를 감지했다고 보십니까?]

소대장 중 한 명이 물었다.

[알 수 없군. 순찰은 아니야. 놈들이 너무 많아.]

카루엘이 감지한 숫자만 해도 300이 넘었다. 카루엘까지 합하여 51명에 불과한 천사들이 아무 흔적 없이, 최소한의 힘으로 죽이기에는 너무 벅찬 숫자였다.

[전원 주변에 있는 맹수들을 하나씩 정신파로 조종하라. 그리고 모조리 렘런트들에게 돌격시켜라.]

천사들은 고속으로 그의 지시를 이행했다.

이윽고 51마리의 맹수가 미친 듯이 렘런트들에게 돌격했다. 어떤 지시를 받았는지 아직 알 수 없지만 불의의 기습을 받아버린 렘런트들은 자신들 사이를 어지러이 뛰어다니는 맹수들을 잡고 처치하기 위해 '분란하게 움직였다.

카루엘과 천사들은 그 틈을 타고 조용히 그 지역을 빠져나갔다.

밀림을 벗어나자마자 카루엘과 천사들은 절벽과도 같은 산길을 올라갔다.

부관이 이끄는 부대와는 아직도 연락이 되지 않았다. 카루엘은 그 시점에서 그들에 대한 관심을 끊었다.

위로 올라갈수록 햇빛이 흐려졌다. 바위산 전체에 심각한 수준의 공간왜곡이 일어나고 있었다.

카루엘은 그 시점에서 자신이 받은 지시사항에 대해 의문을 가졌다.

'정말 최고 등급의 옛 신이 맞는 건가?'

그가 의문을 가진 이유는 공간 왜곡을 일으키는 힘의 수준 때문이었다.

'이 정도라면……!'

그는 이렇게 돌격할 게 아니라 정보를 더 수집하는 쪽이 옳다고 생각했다. 선발대가 기다리고 있는 다른 장소로 후퇴하여 옛 신의 자료를 검토한다면 주신계까지 이곳에 덤벼든 이유까지도 알아낼 수 있을 것이다.

하지만 가브리엘의 명령은 절대적이었고 카루엘이 품고 있는 신앙심은 흔들림이 없었다.

'설령 이 몸이 소멸에 이를지라도!'

뛰어올라 가던 카루엘은 낯선 광경을 목격했다.

렘런트의 흔적으로 보이는 검은색 액체들이 바닥에 진득하게 깔려 있었다. 그리고 그 중간 중간에는 큼지막한 발자국이 찍혀 있었다.

족히 수백은 되어 보이는 렘런트가 사망하면서 남긴 흔적이었다. 하지만 발자국은 렘런트의 것이라고 단정 짓기엔 너무 이질적이었다.

발자국 속에 박혀 있는 문양들이 정교했다.

'그렇다고 신의 흔적은 아닌데?'

이윽고 바위산의 정상에 오른 카루엘은 경기장처럼 넓고 평평하게 다듬어진 그 꼭대기를 노려보며 부하들을 배치시켰다.

반대편 길에서 그의 부관이 이끄는 천사들이 올라왔다.

카루엘은 기쁘지 않았다. 아니, 기뻐할 틈이 없었다.

정상의 한가운데에는 하얀 대리석으로 만들어진 정교한 기둥이 서 있었다.

기둥의 앞에는 주황색과 녹색의 쇳덩어리 거인 둘이 서 있었다. 카루엘은 그들이 렘런트들을 처단한 발자국의 주인들이라고 굳게 믿었다.

주황색의 거인은 두 자루의 검을 양손에, 녹색의 거인은 망치와 도끼를 양손에 각각 들고 있었다. 전체적인 모습은 쓸데없이 두꺼운 갑옷을 입은 인간과 비슷했지만 거인의 내부에서는 근본을 알 수 없는 강한 힘만이 느껴졌다.

그들 뒤에는 아주 초라한 몸집의 늙은이 두 명이 대리석 기둥을 쓰다듬느라 여념이 없었다.

노인들이 카루엘과 천사들을 봤다.

"저 녀석들은 무엇인가, 형제여?"

갈색 장발과 수염의 노인이 물었다.

"제흡의 자식들이군."

흰 장발과 수염의 노인이 웃으며 대답했다.

"형제는 먼저 가게나. 난 손님을 맞이해야겠네."

흰 장발의 노인이 기둥에서 손을 떼었다. 갈색 장발의 노인이 걱정스레 형제를 봤다.

"정말 붙을 생각인가? 상대가 너무 안 좋은데?"

"괜찮네. 이기든 지든 우리 뜻대로 될 테니까."

"흠."

갈색 장발의 노인이 힘겹게 한숨을 쉬었다.

"일단 믿고 가겠네, 형제여. 그곳에서 보세."

대리석 기둥이 갈색 장발 노인의 손아귀 속으로 빨려 들어갔다.

상황이 급박하게 돌아가고 있음을 눈치챈 카루엘은 즉각

날개를 펼쳤다.

"놓치지 마라! 힘을 전개하고 헤카테의 고리를 이용해 공격하라!"

다른 천사들 역시 날개를 펼쳤다. 일반 병사들은 창을 들었고 카루엘과 그의 부관, 그리고 소대장들은 가브리엘에게 전달받은 헤카테의 고리를 꺼내 그것을 노인들에게 맞췄다.

기둥 앞을 지키던 쇳덩어리 거인들이 관절에서 굉음을 내며 돌진했다.

천사들이 거인을 쓰러뜨리기 위해 일제히 창을 던졌다.

훈련받지 못한 드래곤의 각질 정도는 간단히 꿰뚫을 수 있는 그들의 창이 거인들의 갑옷에 맞고 튕겨 나왔다.

녹색의 거인이 몸을 숙이고 주황색의 거인이 그 위를 밟으며 도약했다.

도약한 거인의 관절들로부터 새빨간 쇳물이 분사됐다. 천사들은 성령 결계를 이용해 그 고열의 공격을 막으려 했다. 하지만 쇳물들은 결계를 아무렇지도 않게 통과하여 천사들을 덮쳤다.

"오오, 오오오오오!"

녹아내리는 천사들과 아직 덜 녹아 비명을 지르는 천사들 위로 거인이 떨어졌다.

두 발로 멋지게 땅을 밟은 게 아니라 팔다리를 쭉 편 채 온

몸으로 떨어져 자신의 밑에 있는 모든 것을 깔아뭉겠다.

　그것도 성에 안 찼는지 몸을 굴려 등을 땅에 대고는 갓난아이처럼 팔다리를 휘저었다. 손에 든 검과 팔다리에 박힌 흉한 장식들이 주변의 천사들과 몸이 망가진 생존자들을 마구 베고 짓이겼다.

　반대편에서는 녹색의 거인이 도끼와 주먹으로 천사들을 공격했다. 주황색의 거인보다는 행색이 단정했지만 천사들을 깨고 부수는 잔인함은 절대 뒤지지 않았다.

　자신들의 공격과 방어가 전혀 통하지 않음을 인식한 천사들은 카루엘의 지휘 아래 하늘로 떠올라 대열을 정비했다.

　"침착하게 대응하라! 소대장들은 쇳덩이들을 무시하고 옛 신들을 노려라! 병사들은 땅에 내려가지 말고 하늘에서 쇳덩이들을 견제하라!"

　헤카테의 고리가 만드는 빛과 천사들의 창들이 각각의 목표물들을 노리고 날아갔다.

　녹색 거인의 두꺼운 턱이 아래로 열렸다. 뒤이어 거인의 관절 틈새로부터 바람이 새어 나왔다. 거인이 흡입한 공기들이 밖으로 빠져나오는 것이었다.

　그것은 단순한 흡입이 아니었다. 천사들의 창과 고리의 빛이 본래의 형태마저 상실하고 무한정으로 빨려 들어갔다.

　거인이 빨아들이는 것은 빛만이 아니었다. 가장 가까이에 있는 천사들까지도 삼켰다.

입의 크기는 천사 한 명이 겨우 들어갈 정도였다.

그러나 잔인할 정도의 흡입력으로 인해 거인에게 걸려든 네 명의 천사가 거인의 입속에서 몸과 갑옷으로 서로를 으깨며 경쟁을 강요당했다.

통제가 불가능한 아수라장이 펼쳐지는 한편, 갈색 장발의 노인은 카루엘이 보는 앞에서 공간의 문을 통해 사라졌다.

거인들과 함께 남은 흰 장발의 노인은 그 선신계 천사들을 보며 웃었다.

"내 손님이 늦을 것 같아서 걱정했는데 너희와 함께 느긋이 시간을 보내면 될 것 같으니 안심이야."

노인의 장발이 흔들렸다. 머리카락 사이에서 황금색의 전류가 선명하게 흘렀다.

"이번에는 너희의 아버지 신, 제홉에게 고맙다고 해야겠군."

자연적으로는 존재할 수 없는 위력의 천둥번개가 그 깡마른 노인을 중심으로 회오리쳤다.

카루엘은 결심을 했다.

"부관!"

그는 자신의 부관만이라도 가브리엘의 곁으로 돌려보내 지금의 상황을 알리기로 했다.

그러나 거인들과 싸우기 직전까지만 해도 곁에 있던 부관
은 온데간데없이 사라져 있었다.

죽은 것은 아니었다. 그는 죽은 부하들의 신원을 모두 파악
하고 있었다.

"부관……?"

당혹해하는 그의 뒤편으로 전류가 뭉쳐 만들어진 거대한
손이 황금빛을 뿌리며 닥쳐왔다.

＊　　　＊　　　＊

지크와 사바신, 레디는 바위산을 기어 올라가고 있었다.

밀림의 한가운데에 솟아오른 바위산은 손을 짚을 틈도 보
이지 않을 만큼 험할뿐더러 각도도 좋지 않았다. 사람 몸뚱이
정도는 가볍게 날릴 강풍까지 불었다.

청년들은 손가락을 바위에 찔러 넣으면서 억지로 등반했
다. 그렇게 초인적인 방식을 쓰지 않고는 올라가는 것이 불가
능한 상황이었다.

그들에겐 두 가지의 문제점이 있었다.

첫 번째는 지도에 표시되어 있던 산길이 원래 없었던 것처
럼 자연스럽게 사라져 있다는 점이었고, 두 번째는 기운을 최
대한 숨긴 채 올라가라는 오딘의 지시였다.

가장 앞서 가고 있는 사람은 사바신이었다.

두꺼운 붕대를 장갑 대신 감아 보호한 손이 매우 단단해 보였다. 무뚝뚝하다기보다는 무관심한 그의 표정에 바위에서 이탈한 파편들이 툭툭 떨어졌다.

그 파편은 그에게만 피해를 입히는 것이 아니었다. 이를 악물고 그의 뒤를 따라 올라가던 지크에게도 적지 않게 떨어졌다.

지크가 결국 짜증을 냈다.

"어이, 이거 너무 대충 하는 거 같지 않아?"

"뭐가?"

말을 받아준 사람은 가장 아래에 있는 레디였다. 지크는 짜증이 잔뜩 섞인 눈으로 녹색 머리 친구를 봤다.

"아까 이곳에 도착했을 때 기억 안 나? 선신계 천사 녀석들의 흔적이 밀림에 있었다고. 그런데도 무조건 옛 신만 쫓는 건 그렇잖아?"

"아아."

레디가 싱긋 웃었다.

"제대로 일을 하자면 그렇지만 오딘님께서도 뭔가 생각이 있으시겠지. 일단 올라가 보자."

"쯧."

지크의 이맛살이 구겨졌다.

"근데 오딘 할아버지는 왜 우리만 보낸 거야? 우리를 그토록 두들길 체력이라면 이런 산쯤은 얼마든지 오르실 수 있잖아?"

"혼자 선물 받은 주제에 투덜거리지 마."

사바신이 아래쪽의 지크에게 고개를 돌렸다.

"너랑 달리 우린 주먹 세례밖엔 받은 게 없어. 양말 한 짝도 못 받았지."

"맞아."

레디도 아쉬워했다.

잠깐의 대화를 마친 셋은 다시 절벽을 올라갔다.

10여 분 뒤, 셋은 몸뚱이가 들소보다 더 큰 거대 독수리의 둥지에 도착해 둥지 옆 빈 공간을 차지했다.

새끼들을 보호하던 어미가 필사적으로 날개를 펼치며 겁을 줬다. 그러나 역으로 그들에게 위협을 당하여 자리를 허락하고 말았다.

"어이, 사바신."

곰방대에 불을 넣던 사바신이 자신을 부른 지크를 흘끔 봤다.

"왜?"

"하이엘바인님 말인데, 괜찮을까?"

친구의 질문에 사바신의 표정이 구겨졌다.

"아, 그분 성함만 들어도 뱃속이 울렁거리는군."

"높은 곳에서 그러지 마, 지크."

레디가 구역질을 할 뻔한 입을 가린 채 괴로워했다.

지크는 어깨를 으쓱했다.

"너희만 그런 줄 알아? 나도 마찬가지야. 아직까지도 금색만 보면 치가 떨리지."

사바신이 고개를 갸웃거렸다.

"근데 하이엘바인님 얘기가 갑자기 왜 나와? 이젠 우리랑 싸울 일이 없잖아?"

"싸울 일은 없는데, 재수없으면 우리 소속이 될 거 같아."

"우리?"

"그러니까 나랑 너희가 아니라 리오 등등 전부 합쳐서."

"여덟 명째가 된다고?"

"그렇지."

지크가 크게 끄덕거렸다.

사바신은 이마를 만지며 고민했다.

"난감하네."

셋은 하이엘바인을 예전에 만난 일이 있었다.

서룡족의 제왕을 돕기 위해 불의 별에 갔다가 마주친 것인데, 당시 셋은 그녀와 마주 서는 것만으로도 투지를 상실하는 굴욕을 경험했다.

당시 하이엘바인은 그들의 완전한 격퇴를 목표로 삼고 있었다. 그녀와 함께 나타난 브리간트의 지시가 아니었다면 그들의 상태는 중상에서 끝나지 않았을 것이다.

그 때문에 의욕을 상실한 지크 일행은 지금 세계에서 오딘과 만나기 전까지 긴 슬럼프와 우울감으로 고생을 해야만 했다.

지금은 오딘 덕분에 어느 정도 의욕을 회복했지만 하이엘바인이라는 이름과 그녀의 상징이나 마찬가지인 금색은 아직도 그들의 머릿속에서 흉터로 남아 있었다.

지크가 씩 웃었다.

"흥, 난 그래도 발악은 해봤다고. 너희와는 달라."

"웃는 게 부자연스럽군."

사바신의 지적대로 지크의 얼굴은 식은땀으로 번들거렸다.

"네가 발악한답시고 덤비다가 우리까지 또 당한 건 기억 못해?"

그의 말에 지크는 씁쓸한 표정을 지었다.

"지금 얘기하긴 좀 그런데, 난 그분의 말투가 더 인상 깊었어."

레디가 말했다.

"뭐라고 하셨더라? '지금 너희의 머리 위엔 죽음의 별이 빛나고 있다' 였나?"

"그래, 그거."

무뚝뚝하던 사바신의 얼굴에 미소가 올라왔다.

"낮이라 별도 안 보이는 상황이었는데 말이지."

"협객물을 보여 드리면 굉장히 좋아하실 것 같아."

레디가 빙그레 웃었다.

"그분이 웃겼기 때문에 내가 당한 거야."

지크가 다시 깐죽거렸다.

사바신이 피식했다.

"어이, 지크님. 말은 똑바로 해야지."

"내가 뭐?"

지크가 대들자 사바신은 곰방대를 입에 물고 숨을 깊게 들
이마셨다. 그 검은 머리의 청년은 향기가 좋은 흰 연기를 구
름의 신인 양 뿜어냈다.

"주먹으로도 충분하다고 덤볐다가 역으로 주먹질을 당한
게 누군데? 그때 하이엘바인님은 손에 든 창을 아예 움직이지
도 않았다고."

"앗, 주먹이 아니야."

레디가 말했다.

"발이었어."

"아, 그렇지. 기억난다. 역시 머리가 좋네."

칭찬을 들은 레디는 독수리의 둥지에서 흘러나온 나뭇가지를 이용해 바닥에 낙서를 했다. 그 낙서는 누군가가 발차기에 마구 당하는 모습을 아주 간단히 묘사하고 있었다.

"그때 그분 발이 안 보였어, 정말로. 지크의 얼굴이 물먹은 빵처럼 변하는 걸 보고 얼마나 놀랐는데."

"이봐!"

지크가 눈을 부릅떴다. 하지만 레디는 즐겁게 얘기를 계속했다.

"그때 죽음의 별 얘기보다 더 웃긴 말이 나왔지. 하이엘바인님은 아직 힘이 덜 빠진 지크를 보시면서 '넌 이미 엉망이다'라고 했었어. 그리고……."

"그만하자."

지크가 레디의 어깨를 붙들었다. 레디는 난감한 미소를 지었다.

사바신의 입속에 들어 있던 연기가 여름 하늘의 구름처럼 성성하게 흘러나왔다. 연기를 바람에 맡겨 내보내던 그가 문득 위를 보며 말했다.

"위쪽에서 느껴지는 느낌이 참 불쾌하긴 하네."

"정말 우리가 나설 만한 일일까?"

지크도 진지했다.

레디가 각을 살려 다듬은 짧은 머리를 만지며 위쪽에 시선을 올렸다.

"오딘님도 계시니 저번처럼 어이없이 당하진 않을 거야."

사바신이 곰방대를 털고 자리에서 일어났다.

"다시 올라가자."

다른 두 명이 그를 따라 일어났다.

셋은 아까와 마찬가지로 바위에 손가락을 박으며 바위산을 올라갔다.

고행 끝에 정상에 도달한 셋은 누구랄 것 없이 정상 끝자락에 멈췄다.

"뭐야, 이건?"

지크가 실소를 터뜨렸다.

절벽 위에 있는 것은 흰색의 큰 반죽이었다.

정말 반죽 같은 물체였다면 그냥 웃고 끝났겠지만 지금 지크가 보인 웃음에는 혐오감이 섞여 있었다.

그 반죽에는 날개와 팔다리, 머리 등 천사들의 일부가 듬성듬성 솟아 있었다. 그 끔찍한 반죽의 재료가 된 천사들은 아직도 살아 있었다.

그들은 몸뿐만 아니라 의식마저 뒤섞인 상태였지만 고통과 절망을 비명으로 호소하는 것은 잊지 않았다.

반죽 앞에는 흰 장발의 노인이 주황색과 녹색의 거인들과 함께 서 있었다. 지크, 사바신, 레디가 놓쳤던 두 명의 옛 신가운데 하나였다.

거인들이 두 손으로 반죽을 열심히 주물렀다. 그들의 손가락이 반죽에 파고들 때마다 비명이 여기저기서 터졌다.

"어어, 천사 케이크라도 구워주시려고?"

지크가 키득거리며 신에게 다가갔다.

그 흰 장발의 노인, 아니, 옛 신은 음악을 감상하듯 눈을 감은 채 천사들의 비명을 즐기고 있었다.

그가 지크 쪽으로 돌아섰다.

"하이볼크의 부하들이군. 기다리긴 했는데, 너희만 온 것이냐?"

지크들의 뒤편에서 공간의 균열이 일어났다. 그 틈새를 통해 오딘이 당당히 모습을 드러냈다.

"그대의 심성을 믿을 수가 없어 이 녀석들을 먼저 보냈네. 실례가 됐다면 사과하지."

오딘이 유감을 표하자 흰 장발의 옛 신은 고개를 저었다.

"아닐세. 아스가르드의 주인이여. 죄는 내 이름값을 관리 못한 나에게 있겠지."

오딘은 천사들의 반죽과 거인들을 잠깐 봤다.

"그대의 형제는 어디 있나?"

"원래 있어야 할 곳으로 떠났네. 우리가 이곳에서 해야 할 일은 모두 끝났거든."

"역시 목적이 있어서 이곳으로 건너왔었단 말이로군?"

"목적이라기보다는 복수지."

"복수라……."

"솔직하게 말해보게. 자네도 나와 똑같지 않나?"

흰 장발의 옛 신이 고른 치열을 드러내며 웃었다.

"그럴 리가?"

오딘의 두꺼운 어깨가 한 번 들썩거렸다.

"난 지금처럼 심부름을 하며 조용히 사는 것에 익숙하다네."

"익숙하다는 말과 마음에 든다는 말은 다르지."

이번엔 흰 장발의 노인이 어깨를 으쓱했다.

"이보게. 같은 급의 신끼리 무엇을 숨기나?"

그 비쩍 마른 옛 신의 말에 지크 일행, 그리고 천사들의 반죽 속에서 얼굴의 절반만 겨우 유지하고 있던 카루엘이 크게 놀랐다.

'오딘과… 동급의 신…….'

카루엘의 눈동자가 나타났다 사라졌다.

'하늘의 지배자로서 황금색의 천둥번개를 다루고, 힘의 대부분을 잃었음에도 불구하고 선신계 천사의 육체 조직을 마음대로 조작하는 능력자. 그런 옛 신은 단 한 명……!'

반죽을 계속하던 거인의 손가락이 카루엘의 얼굴을 푹 눌렸다.

오딘이 투구를 벗고 머리카락을 정돈했다.

"제우스여, 아직도 창조주라는 그 귀찮은 자리에 미련이 있는가?"

오딘의 남은 한쪽 눈을 보던 흰 장발의 노인은 정색을 했다.

"미련만이 있다면 이곳에 남지는 않았을 것이네."

그 노인, 제우스의 표정에 분노가 서렸다.

"오딘이여, 최근에 자네와 얽힌 흥미로운 이야기를 들었지."

"어떤 이야기인가?"

"듣자 하니 '그 남자'가 바로 자네라더군. 사실이라면 난 하이볼크와 제홉, 아롤뿐만 아니라 자네에게도 복수를 해야만 하지."

"무슨 소리인지 전혀 모르겠군."

"헛소리!"

제우스의 몸에서 황금색의 전류가 폭발하듯 일어났다.

"부정하겠다면 실력으로 밝혀내 주지!"

"그 몸으로 말인가?"

푸른색 전류를 듬뿍 먹은 오딘의 주먹이 제우스의 복부에 박혔다.

눈을 부릅뜬 제우스는 오딘에게 맞아 움푹 들어간 복부를
두 손으로 막은 채 비틀거렸다.

"꼴사납군."

오딘은 팔짱을 꼈다.

"우오오오오!"

반죽에 집중하고 있던 거인들이 무기를 들고 오딘에게 달
려들었다.

"탈로스 급의 청동거인이라."

중얼거린 오딘의 좌우에서 뭔가 튕겨 나가는 소리가 들렸
다. 오딘의 힘에 튕겨 나간 두 거인은 지크 일행의 앞에 떨어
졌다.

"그 녀석들은 너희가 맡아라. 설마 못하겠다고는 안 하겠
지?"

"무, 물론이죠!"

지크 일행이 전투 태세를 갖췄다.

멀리서 가만히 있을 것 같던 반죽덩어리가 훌쩍 떠오르더
니 거인들의 몸뚱이 위에 떨어졌다.

"어?"

지크가 깜짝 놀라는 사이에 반죽, 아니, 천사들의 집합체와
그 청동거인들이 융합했다.

검은색의 큰 날개가 덩어리에서 솟아났다. 천사들의 것과

달리 깃털 하나하나까지 모두 금속이었다.

두꺼운 팔다리가 튀어나오고 뒤이어 머리와 꼬리가 나왔다. 그것들 모두가 날개와 마찬가지로 금속이었다.

어딘지 모르게 용족, 그것도 서룡족과 닮은 그 괴물의 머리 곳곳에는 재료가 된 천사들의 고리가 귀걸이처럼 치렁치렁 걸려 있었다. 코뚜레가 된 고리는 특히 눈에 띄었다.

사바신이 목뼈를 꺾으며 지크 옆에 섰다.

"식욕이 딱 떨어지는 놈이네. 선신계 천사로서의 기운도 강하고. 아, 싫다."

"무슨 문제야? 해치우면 그만이지."

지크가 주먹을 불끈 쥐었다. 강력한 전깃불이 그의 팔을 타고 주먹으로 올라갔다.

둘의 뒤편에서 주변 상황을 살피던 레디가 갑자기 둘을 봤다.

"지금 그게 문제가 아니야!"

레디가 하얗게 질린 얼굴로 말했다.

"공간의 왜곡이 심해지고 있어! 이 지역의 일부분이 다른 곳으로 튕겨 나갈 것 같아!"

"뭐?"

지크의 안색이 싹 변했다.

어느새 거대한 목도를 오른손에 쥔 사바신은 큰 소리로 혀를 찼다.

"여유가 없네. 어서 해치우자. 느낌이 안 좋아."

때마침 괴물이 모습을 완전히 갖췄다. 하얗게 눈을 뜬 괴물은 오른쪽 앞발과 왼쪽 뒷발로 땅을 번갈아 때리며 기세를 올렸다.

"오오오오오!"

괴물이 셋을 향해 포효하는 한편, 오딘은 비틀거리는 제우스와 기 싸움을 벌이고 있었다.

힘이 빠질 대로 빠진 상태였지만 제우스는 올림포스의 주인이라는 그 이름에 맞게 강력했다. 그러나 신으로서 불멸의 권한만이 없을 뿐, 본래의 힘을 유지하고 있는 오딘에 비할 바는 아니었다.

"도망칠 기회를 스스로 버리다니, 그대답지 않군."

"후후."

제우스가 힘겹게 웃었다.

"아스가르드에는 전사가 있고, 올림포스에는 투사가 있지. 나 역시 투사라네."

"그대가?"

"물러날 생각은 없네."

"그건 투사로서의 자존심이 아니라 만용이라 하네."

"후후후, 하하하하하!"

제우스가 크게 웃었다.

"그렇다면 그대는 나를 왜 그냥 두고 있는 건가? 내 아들, 아레스를 잡아 가둘 때처럼 나도 잡아 가둬야지? 그래야 하이 볼크가 그대에게 대가를 줄 게 아닌가?"

오딘이 안겨준 충격에서 거의 회복한 제우스는 등을 펴고 자세를 바로 했다.

"그대도 나만큼이나 어리석군. 나를 보며 흥분하고 있지 않나? 누가 더 강한지 궁금해서 말일세!"

"과연."

오딘이 웃었다.

"그대의 동생, 포세이돈을 놓친 것은 상당히 아쉽지만 끝까지 숨어서 지내지는 못할 터. 그렇다면 나는 그대를 잡기 위해 최선을 다해야겠지."

그가 긴 숨을 내쉬었다. 그의 입에서 흘러나온 파란색의 기체가 제우스의 깡마른 육체를 감쌌다.

"음!"

제우스가 눈을 번쩍 떴다.

앙상했던 그의 육체가 팽팽하게 부풀어 올랐다. 마른 풀뿌리 같던 흰머리는 신선함과 윤기를 되찾았고 어딘지 모르게 구부정했던 팔다리와 허리도 곧게 펴졌다.

제우스는 웃옷을 벗었다. 늑골만이 뚜렷했던 그의 몸은 우람한 어깨 근육과 균형있게 나뉜 가슴, 그리고 조각가의 손을 거친 듯한 복근 등으로 건강미를 뿜냈다.

"그래, 이거야."

머리를 모아 뒤로 넘긴 제우스는 손으로 턱 전체를 쓰다듬었다. 가슴 밑까지 내려오던 수염이 싹 사라지고 피부만이 남았다.

수염이 사라져 젊은이의 모습이 된 제우스는 유쾌하면서도 적의로 가득한 얼굴로 오딘을 봤다.

"이 정도의 힘을 나눠 주다니, 무슨 생각이지?"

오딘은 어깨갑옷과 망토가 사라졌다.

"자네는 지금 나와 동일한 완력을 갖고 있네."

"호오, 어째서?"

"올림포스의 제우스와 실력을 겨루는 것. 난 그 꿈을 오랫동안 꾸어왔네. 시시하게 이길 수는 없지."

"하하, 재미있는 자로군!"

제우스는 탄탄해진 자신의 가슴을 주먹으로 탕 두드렸다.

"내가 이 육체를 가지고 도망을 친다면?"

"시한부의 젊음이니 그리 좋아할 필요는 없네. 하지만 그대가 나를 쓰러뜨리고 힘을 빼앗는다면 시한부의 꼬리표를 뗄 수 있을 것이네."

"욕심이 생기는군."

제우스가 주먹을 쥐고 앞으로 올렸다.

"난 무기가 없다네. 하이볼크에게 바쳤거든."

"알고 있네."

오딘도 주먹을 쥐었다.

"아스가르드의 전사는 맨손으로 사냥을 할 줄 알아야 하는 법이지."

"참으로 어리석은 법이군."

오딘의 애꾸눈과 제우스의 두 눈이 서로를 노렸다.

"창조주 급 신들이 몸싸움으로 승부를 내려 하다니, 이거 참 슬픈 일이 아닐 수 없군."

제우스가 한탄했다.

"두려운가?"

질문한 오딘의 주먹이 제우스의 머리를 노렸다.

제우스는 두 팔을 교차하여 주먹을 막아냈다. 제우스의 발 뒤쪽, 바위산의 일부가 주먹이 불러온 충격에 뒤틀려 무너졌다.

제우스가 불러낸 괴물과 싸우는 도중이었던 지크 일행 역시 힘의 반동에 중심을 잃었다. 괴물 역시 비틀거렸기에 망정이지, 하마터면 크나큰 위기를 겪을 뻔했던 상황이었다.

"자리가 마땅치 않군."

"옮기지."

제우스가 뒷걸음질을 쳤다.

그의 발은 방금 전에 만들어진 낭떠러지를 떠났다. 하지만 제우스는 떨어지기는커녕 허공을 단단히 밟은 채 오딘에게 자신을 따라오라고 손짓했다.

들소처럼 돌진한 오딘이 허공을 밟으며 주먹을 뻗었다. 제우스의 옆을 스친 주먹의 충격파가 바다 건너의 작은 섬을 때렸다.

섬의 윗면이 단숨에 날아가면서 강한 지진이 일어났다. 바위산 밑쪽 밀림에 있던 짐승들이 먹이사슬에 관계없이 해안을 향해 이동했다.

"나와의 만남을 아주 길게 즐기고 싶은가 보군! 하하하하!"

제우스의 두 팔에 황금색의 전류가 일어났다. 증폭되는 제우스의 힘이 지크 일행을 서서히 밀어냈다.

"이건 좀……!"

지크는 당황했다. 레디가 그의 재킷 뒷덜미를 잡아당겼다.

"여기 있으면 안 돼, 지크! 벗어나야 돼!"

모두의 눈앞에서 하얀 빛이 일어났다. 지크, 사바신, 레디, 그리고 제우스가 장난삼아 만든 괴물 모두 그 빛에 먹혀들어 갔다.

잠깐 마비되었던 지크의 시력이 이내 회복됐다.

그의 눈에 가장 먼저 들어온 것은 원형의 큰 폭포였다. 폭포는 아래로 떨어지는 게 아니라 거꾸로 올라가고 있었다.

수평선 근처까지 밀려 나간 바다가 밑바닥을 드러낸 채 진동했다. 그 한가운데에는 황금색의 전류를 내뿜고 있는 제우스가 올림포스 최고신으로서의 존재감을 과시하고 있었다.

"오딘이여, 이곳에서 그대를 쓰러뜨리고 밝혀내겠다! 그대가 과연 '그 남자'인지, 아닌지를!"

고함을 지르던 제우스가 오딘의 앞에 갑자기 나타났다. 단거리 공간이동이었다.

제우스가 오딘의 머리를 노리고 발을 높이 들었다. 오딘은 왼손을 들어 제우스의 공격을 막으려 했으나 제우스의 발끝이 공간이동을 하여 오딘의 가슴팍을 찼다.

틈을 잡은 제우스가 오딘의 뿔 투구를 잡고 뛰어오르더니 이마로 그의 투구를 들이받았다. 투구가 깨지면서 오딘의 백발이 드러났다.

"나에게 힘을 나눠 준 것을 후회하게 해주겠네!"

제우스의 주먹과 발이 오딘의 온몸을 두드렸다. 허공 위에서 두들기는데도 밑에 있는 땅이 충격의 여파에 긁히고 찢겼다.

오딘을 멀리 차낸 제우스가 자신의 육체 위에서 빛나던 황금의 전류를 왼팔에 집중시켰다.

"하아아!"

왼팔에서 터진 두꺼운 전류가 물뱀처럼 꿈틀거리며 오딘에게 날아갔다. 전류와 오딘이 부딪치자마자 일어난 폭발로 인해 대기가 타버리고 땅이 구겨졌다.

지크 일행이 걱정하던 공간의 왜곡도 한층 더 심해졌다.

"어떻게든 해야 돼!"

보호막으로 자신과 지크, 사바신을 지키고 있던 레디가 다급하게 외쳤다.

"공간 왜곡 현상을 풀든지, 오딘님을 돕든지 해야 한단 말이야!"

"그건 알아! 안다고! 그럼 방법을 말해보란 말이야!"

지크가 고함을 지르는 순간 레디의 보호막에 큰 충격이 들어왔다. 제우스의 괴물이 보호막에 달라붙어 이빨을 부딪치고 있었다.

"이 녀석은 왜 또 우릴 귀찮게 하는 거야!"

한편, 오딘에 대한 제우스의 공격이 잦아들었다.

제우스는 씩 웃었다. 그의 적수는 어딘가 그을린 흔적도 없이 팔짱을 끼고 있었다. 단지 박치기로 인해 투구만을 잃었을 뿐이었다.

"과연, 한 신계의 주인이었던 자."

감탄한 오딘은 두 주먹을 쥐었다.

"나 역시 예의를 갖춰야겠군."

제우스의 황금색 전류와 그 성질이 조금 다른 푸른색의 전류가 그의 온몸에서 일어났다.

자신들이 무엇을 어찌할지 생각해 보던 레디는 오딘의 힘마저 증폭되자 경악하여 당황했다.

"오, 오딘님! 오딘님마저 힘을 사용하신다면……!"

오딘은 레디의 말을 무시한 채 힘을 끌어올렸다.

제우스와 오딘의 힘이 비슷한 크기로 충돌하자 가까스로 유지되던 공간의 벽이 찢어져 균열을 일으켰다.

그 균열은 의도적으로 만든 것이 아니라 사고였다. 그렇기에 그 모습도 회오리바람처럼 거칠었다.

지크 일행과 제우스의 괴물이 그 회오리바람 속으로 빨려 들어갔다. 오딘은 그러거나 말거나 제우스의 얼굴에 주먹을 날렸다.

고개가 돌아갈 정도로 강타를 당한 제우스의 온몸에 오딘의 주먹이 연속으로 뿌려졌다.

제우스가 한 번 맞으면 천지가 한 번 진동했다. 그 횟수가 세기 힘들 정도로 올라가자 공간의 균열도 더욱 강력해졌다.

저항하려는 제우스의 힘과 그 저항을 짓누르려는 오딘의 힘이 대립하면서 주변이 완전히 초토화됐다.

"제길, 할아범!"

사력을 다해 저항하던 지크 일행은 결국 비명을 지르며 공간의 균열 속으로 빨려 들어갔다.

'이제 너희의 진짜 임무가 시작되는 거다.'

오딘은 그들이 빨려 들어간 균열 쪽을 흘끔 본 후 다시 제우스를 공격했다.

둘의 싸움은 결국 난타전으로 이어졌다.

신과 신의 싸움에 괴로워하는 별의 비명 소리가 전 세계를 울렸다.

CHAPTER 20
고대의 유산

그들의 동굴 은신처가 술렁댔다.

그 두려움 섞인 수다의 근원은 얼마 전에 있었던 아킬레우스의 패배였다.

확실한 경력을 가진 반신반인의 영웅을 자신있게 지지한 헤라, 그리고 아킬레우스에게 박수와 찬양을 보낸 그녀의 추종자들은 육체를 잃고 엉망이 되어 돌아온 영웅의 모습에 충격을 받았다.

아킬레우스와의 관계가 미묘했거나 헤라를 따르지 않는 자들은 적극적인 반응을 보이지 않았다. 뒷담화로 즐기기에는 그 사안이 너무 심각했기 때문이다.

분노한 헤라는 아폴론에게 회의 소집을 제안했다.

회의장에서 들을 것이 그녀의 신경질뿐이었다면 아폴론은 매우 부담스러워했을 것이다.

하지만 마침 정보원이 전해준 이야기가 있기에 그는 심리적 아픔 없이 자연스럽게 회의 소집을 알렸다.

회의가 개시되자마자 헤라는 일어나서 책상을 내려치며 고함을 질렀다.

"어찌 된 일입니까? 아킬레우스는 몸을 잃은 것도 부족하여 헤파이스토스가 준 방패까지 빼앗겼습니다! 상대가 강했던 겁니까, 아니면 아킬레우스가 멍청했던 겁니까?"

그녀의 격렬한 몸짓에 마치 기둥처럼 위로 높이 올린 그녀의 머리채가 전후좌우로 흔들렸다.

"누가 대답을 좀 해보십시오!"

물론 대답할 수 있는 사람은 없었다. 아폴론을 제외한 모든 자들은 고개를 숙이거나 시선을 돌린 채 침묵을 유지했다.

아폴론이 말했다.

"어머님."

헤라는 아폴론이 비교적 안정적인 목소리로 자신을 부르자 태도를 약간 누그러뜨렸다.

"말씀하세요."

"정보원이 아킬레우스를 패퇴시킨 자에 대한 정보를 저에게 알려주었습니다."

"오로지 아폴론님만 만날 수 있다는 그 대단한 정보원 말이군요."

그녀가 비꼬듯 말했다.

"궁금합니다. 그 하이볼크의 하수인이 누구인지 들려주세요."

"그 사내의 이름은 휀 라디언트라 합니다."

"휀 라디언트?"

"리오라는 자와 달리 주로 신을 상대로 싸워온 자이기에 현재까지 우리가 만난 적들 가운데 디아블로라는 자와 더불어 가장 위험한 존재라고 할 수 있습니다."

아폴론이 설명했다.

회의장이 조용해졌다.

아폴론은 윤기가 흐르는 짧은 금발을 한 번 만졌다. 특별히 바르고 가꾸지 않았음에도 그의 머리카락은 햇빛과 양분을 흠뻑 먹고 피어오른 꽃처럼 촉촉했다.

그가 이어서 말했다.

"그만한 사내라면 아킬레우스의 패배를 문제 삼을 필요는 없을 것 같습니다."

"아무래도 하이볼크가 본격적으로 나서는 것 같군요."

헤라의 목소리에는 걱정이 섞여 있었다. 표정은 여전히 강했지만 아폴론만큼은 그녀의 작은 변화를 놓치지 않았다.

"심려치 마십시오, 어머님. 그런 자를 보물의 보초로 사용하는 것을 보면 하이볼크도 우리 네오 올림포스의 큰 뜻을 완전히 알아차리진 못한 것 같습니다."

"그렇다 해도 뭔가 대책이 있어야 할 것이 아닙니까?"

그녀의 목소리가 한층 더 격해졌다.

"우리는 위대한 뜻을 이루려고 이곳에 있는 것이지, 하이볼크를 골탕 먹이려고 있는 것이 아닙니다!"

"알고 있습니다, 어머님."

아폴론이 자리에서 일어나더니 선언하듯 말했다.

"지금이야말로 우리 네오 올림포스의 단결력과 조직력을 보여줄 때입니다. 저는 휀 라디언트와 헤라클레스, 그리고 다른 보물에 대한 일을 병행하여 반드시 성공시키겠습니다."

헤라는 못 미덥다는 표정으로 아폴론을 지켜봤다.

"그리하시지요."

불신 섞인 그녀의 한마디가 아폴론의 뇌리에 쿡 박혔다.

아폴론은 그 느낌이 항상 싫었지만 이번에도 내색하진 않았다.

그가 말했다.

"그럼 그 사내에 대한 대응책을 마련해 봅시다. 모든 이들에게 정보를 전달해 드리겠소."

아폴론의 눈이 잠깐 하얗게 빛났다. 그가 얻은 정보를 담은 빛이 회의장 내의 모든 이들의 눈 속으로 차례차례 번졌다.

"충분히 생각해 보시고 의견을 제시해 주시오."

아폴론이 시간을 내어주자 다시금 작은 목소리들이 회의장 곳곳에서 울렸다.

회의장 안에 아폴론의 소년 시종이 종종걸음으로 들어왔다. 헤라에게 먼저 인사하여 양해를 구한 시종은 아폴론의 귀에 뭔가를 속삭였다.

아폴론이 흠칫했다. 그는 즉시 일어나 헤라에게 다가갔다.

"어머님, 손님이 왔다고 합니다."

"손님?"

"정보원입니다. 약속된 시간보다 빨리 나타난 것을 보니 뭔가 큰일이 있는 듯합니다."

"알겠습니다. 어서 다녀오세요."

"예, 어머님."

아폴론이 시종과 함께 회의장 밖으로 나갔다. 헤라는 그의 모습을 묵묵히 살폈다.

동굴 은신처 바깥부터는 아폴론 혼자 행동했다. 그의 시종들은 가장 낮은 품질의 육체를 사용하기 때문에 은신처 밖에서 행동할 수 없었다.

아폴론은 은신처 근처의 작은 바위산 속으로 들어갔다.

바위산 속에는 사람 열 명 정도가 겨우 들어갈 만한 공간이 있었다.

그곳에는 가구도, 조명도 없었다. 그 장소를 숨기기 위해 헤파이스토스가 만든 비밀스러운 장치만이 천장에 달려 있었다.

그 장치는 태엽과 크고 작은 톱니바퀴로 구성되어 있었는데, 헤파이스토스는 그것을 '시간 중화기'라고 불렀다.

헤파이스토스는 그 장치의 이름만 말해주었을 뿐, 그것이 무슨 원리로 그 비밀 공간에 흐르는 시간과 밖으로 빠져나가는 정보를 차단하는지에 대해서는 이야기해 주지 않았다.

그 비밀 공간 안에는 손님이 서 있었다.

아폴론의 진입과 동시에 그 공간에 빛이 채워졌다.

"우리가 만나기로 약속한 시간은 이 세계의 시간으로 내일이 아니었소?"

"일정이 변했소."

감적색의 두건과 망토로 모습을 완전히 감춘 자가 아폴론 쪽으로 돌아섰다. 두건의 그늘 탓에 얼굴은 보이지 않았지만 목소리는 분명히 남자의 것이었다.

그가 바로 '정보원'이었다.

"그렇다면 일정이 변한 이유를 말해주시오."

"그러리다."

감적색 두건의 남자는 포도주 냄새가 나는 병의 뚜껑을 열고 내용물을 들이켰다. 그러더니 그것을 아폴론에게 권했다.

"드시겠소? 내가 직접 담근 것이오."

"지금은 사양하겠소."

"후후."

두건의 남자가 술병을 망토 안으로 넣었다.

"제우스와 포세이돈, 아레스가 각성했소."

"각성?"

아폴론의 표정이 단숨에 변했다.

"각성이라니, 무슨 말이오? 그들은……!"

"누군가가 수작을 부린 것 같소."

"그게 누구요!"

"우리도 모르오. 아레스는 붙잡혔지만 별로 중요한 자는 아니니 일단 제쳐 둡시다. 제우스와 포세이돈은 현재 쫓기고 있소. 포세이돈은 선신계 천사들에게 쫓기고 있는 것이 확인됐소."

"아버님은, 아니, 제우스는 누가 쫓고 있소?"

"오딘이오."

"오딘?"

아폴론은 자신의 청각을 의심했다.

"아스가르드의 오딘 말이오?"

"그렇소. 제우스 정도를 잡기 위해서는 그만한 자가 어울리지 않겠소?"

"그럴 수가……!"

복잡한 감정이 아폴론의 표정에 떠올랐다. 권모술수에 능하지 못한 그의 일면이 그대로 드러나고 있었다.

"오딘을 움직이는 자는 하이볼크요?"

"그렇소. 오딘은 몇 차례 정도 하이볼크를 대신하여 움직인 일이 있소. 창조주 급 신만큼 강력한 심부름꾼은 세상 어디에도 없지. 물론 제홉과 아롤의 동의가 있어야 하지만 말이오."

"됐소. 알았으니 용건을 말하시오."

"너무 재촉하지 마시오."

두건의 남자가 포도주를 다시 마셨다.

"포세이돈이 판테온의 주축(主軸)을 가지고 있소."

"판테온의 주축?"

"그렇소. 판테온에서 가장 오래된 부품인 그 대리석 주축이라면 당신들 네오 올림포스의 구성원들에게 진짜와 다름없는 몸을 만들 수 있다오. 이 사실은 헤파이스토스님께 확인해 봐도 좋소."

"으음……."

아폴론은 남자답게 갈라진 턱을 엄지와 검지로 눌렀다.

"하지만 그 주축을 손에 넣기 위해서는 포세이돈을 잡거나 회유해야 할 텐데, 선신계 천사들에게 쫓기는 그분을 우리가 어찌한단 말이오?"

"적절한 대가를 치러준다면 우리가 해보겠소."

"대가?"

아폴론은 지금만이 아니라 예전부터 그를 의심했다.

원래 렘런트 상태였던 아폴론 일당을 구제해 준 것이 이 두건의 남자였다. 그는 세상에 대해 모르는 게 없었고, 정보 능력은 거짓말을 하는 게 아닐까 싶을 정도로 뛰어났다.

이 세계에 숨겨진 각종 보물의 위치, 여태까지 모은 네오 올림포스의 구성원들에 대한 정보, 히드라의 대략적인 위치, 헤라클레스와 관련된 것들 모두 그 두건의 남자와 그의 조직이 전해준 것일 뿐, 실질적으로 아폴론과 네오 올림포스에서 스스로 해낸 것은 거의 없었다.

"원하는 것이 무엇이오?"

아폴론이 묻자 두건의 남자가 그를 돌아봤다.

"아이기스를 빌려주시오."

"빌려달라고?"

"쓸 곳이 있소. 쓰고 나서 일주일 내로 돌려줄 테니 걱정하지 마시오."

"허, 허허."

아폴론은 기가 막혀 웃었다.

"그대처럼 뛰어난 자가 우리 손에 아이기스가 있는지 없는지 모른단 말이오?"

"없다는 사실은 알고 있소. 하지만 이제 당신들 손에 들어올 것이오."

정보원이 그에게 얼굴을 가까이 했다.

"내가 도와드리리다. 확실한 계획과 상황을 만들어줄 테니 걱정하지 마시오."

"흠."

"하지만 동원할 부하를 잘 골라야 할 것이오."

그가 검지로 아폴론의 가슴을 감히 찔렀다.

"괜히 명예 회복을 하겠다며 멋을 부릴 자는 아예 뽑지 않는 게 좋소. 상대는 휀 라디언트라오. 명심하시오."

"참고하리다."

아폴론은 자신을 찌른 정보원의 손을 쳐냈다.

＊　　　＊　　　＊

리오 일행이 도시를 떠나고 며칠이 지났다.

스타인 저택의 사람들은 얼마 전 나타난 사내, 휀을 주목하고 있었다.

그가 저택의 일에 직접 관여한 일은 한 번도 없었다. 대놓고 윗사람처럼 행동한 일은 더더욱 없었다. 하지만 리즈를 시작으로 원래 있던 식구들과 용병들, 의용병들 모두가 그의 눈앞에서 행동을 조심했다.

"너희들, 카리스마라는 단어는 들어봤니?"

마리아가 가끔 식구들을 향해 던지는 질문이었다.

그 흡혈귀 소녀는 휀을 마치 옛날부터 알고 있었다는 듯 당당하게 행동하고 있었다. 허세를 부리는 수준도 예전보다 더했다.

그렇다고 해서 그녀를 비난하는 사람은 없었다. 예전이나 지금이나 그녀가 정말 나쁜 마음을 품고 콧대를 높이는 게 아님을 다들 알고 있었다.

"차. 진하게."

거실에 앉아서 자료를 훑어보고 있던 휀이 중얼거리듯 말했다.

그러자 거실 반대편에서 클라라와 함께 장기를 두고 있던 마리아가 그림자로 변하더니 휀의 옆쪽에서 쑥 솟아 나왔다.

"그 외의 것도 내어올까요?"

"차만."

"알겠사옵니다."

예의 바르게 인사한 마리아는 다시 그림자로 변해 바닥을 훑으며 거실을 빠져나갔다.

마침 현관을 지나 안으로 들어오던 올리버가 거실을 나와 주방으로 들어가는 마리아의 그림자를 목격했다.

거실에 휀이 있음을 확인한 그는 잠시 생각한 뒤 주방으로 갔다.

마리아는 몸에서 흘러나오는 그림자를 촉수처럼 사용하여 주전자에 물을 채우는 일과 찻잎을 다듬는 것, 그리고 불을 키우는 일을 동시에 시행했다.

주방으로 들어온 올리버는 그 모습을 보고 눈을 찡그렸다.

'진작 저렇게 도울 것이지.'

그녀가 저택의 가사 대부분을 도로시와 루파에게 떠넘기고 있었음을 잘 아는 올리버에겐 눈꼴이 시린 광경이었다.

"마리아."

그가 부르자 마리아가 고개를 돌려 그를 흘끔 봤다.

"하등한 인간이 나에게 무슨 볼일이지?"

올리버는 묵묵히 의자에 앉았다. 익숙해졌기에 가능한 너그러움이었다.

"너, 라디언트님에 대해 얼마나 알고 있는 거야?"

"네가 알아서 뭐 하게?"

"이곳에 오래 계실 것 같으니 일단 들어두는 게 좋겠지."

"흥, 우습네."

피식 웃은 흡혈귀 소녀는 주전자를 불 위에 올린 뒤 올리버를 향해 돌아섰다. 거만한 눈빛과 보수적인 팔짱, 그리고 과도하게 높은 그녀의 신발 굽이 올리버의 성질을 자극했다.

"라디언트님은 아주 위대하신 분이야. 후후, 그 이상 좋은 말이 떠오르지 않네."

말이 거기서 끝나자 올리버의 표정이 이상해졌다.

'그 이상 몰라서 그러는 게 아니고?'

상대의 반응이 탐탁지 않자 마리아가 움찔했다.

"뭐, 뭐야? 그 표정은? 라디언트님의 힘은 너도 봤잖아?"

"그야 그렇지. 하지만 하이엘바인님도 그렇고, 리오님도 그렇고… 그분들이 어째서 그렇게 강한지 제대로 들은 적이 없잖아. 사실 난 리오님을 뵙기 전까지는 신의 존재에 대해서도 부정적이었다고."

그러자 마리아의 눈빛이 사나워졌다.

"나를 처음 봤을 때는 안 그랬단 말이니?"

"밀가루 반죽처럼 얻어맞는 모습부터 봐서 그다지……."

기억하고 싶지 않은 추억을 떠올린 마리아의 얼굴이 주전자 밑을 달구는 불처럼 뜨거워졌다.

마리아는 큰 모험을 하여 가문의 명예를 지키라는 부모의 지시에 따라 하인 한 명과 함께 고향을, 마왕이 살고 있는 마족들의 창세 도시를 떠났다.

그것은 순종 흡혈귀로서의 운명이었다. 말만 큰 모험일 뿐, 실은 목숨을 건 성인식이기 때문에 마리아로서는 큰 압박을 받을 수밖에 없었다.

일이 꼬이기 시작한 것은 하인의 급작스런 사망이었다. 여행 도중 렘런트가 그들을 습격한 것이다.

하인의 희생 덕에 목숨만 겨우 건진 마리아는 두려움으로 인해 공황 상태에 빠졌지만 아무래도 인간과 달라서인지 금방 냉정을 되찾고 렘런트에 대한 복수를 다짐했다.

그녀는 흡혈귀로서의 각종 능력을 사용하여 렘런트에 대한 소문을 추적했다.

계기를 갖게 된 아이들은 종족과 시대를 막론하고 무서운 법인지라, 덕분에 그녀는 자신의 능력에 대한 개념을 확실히 깨우칠 수 있었다.

소문을 쫓고 쫓아 도착한 곳이 바로 리즈의 저택이었다.

인근에 은둔하고 있는 마족들에게 리즈 스타인이라는 인간이 렘런트의 표적이 되었다는 정보를 입수한 것이다.

그녀는 흡혈귀답게 리즈의 피를 빨아 그에게 어떤 특징이 있는지 확인해 보기로 마음먹었다.

처음에는 쉬울 것이라 생각했다. 거기까지 오는 도중에 렘런트와 드문드문 싸우면서 강력해진 그녀의 힘은 인간 몇 명이 어찌할 수준이 아니었다.

게다가 그녀가 선택한 시간은 마족의 시간이라 불리는 만월의 야밤이었다.

하나 저택에서 리즈를 지키는 사람은 인간만이 아니었다.

그녀는 저택 안에 잠입하자마자 클라라에게 발각되고 말았다.

마리아는 자신보다 작은 그 장난감 병정의 모습을 비웃었다. 그러나 클라라가 엄청나게 큰 돌격창과 방패를 불러내어 손에 쥐는 순간 자신의 계산이 한참 빗나갔다는 것을 깨달았다.

클라라는 마리아를 무자비하게 두드렸고, 마리아는 일방적으로 얻어맞았다.

저주, 매료 등의 정신적 공격은 클라라에게 아예 통하지 않았다. 그림자를 이용한 물리적 공격 역시 마찬가지였다. 모든 것을 무시하고 들어오는 클라라의 공격은 저돌적이고 정확했다.

마리아에게 있어서 클라라는 그만큼 압도적인 존재였다.

저택 앞마당에서 죽기 직전까지 몰린 그녀를 구한 사람은 뒤늦게 잠에서 깨어나 달려온 리즈였다. 그가 만약 클라라를 말리지 않았다면 마리아의 모험은 거기서 끝났을 것이다.

그것이 저택 사람들과 마리아의 첫 만남이었다.

"흠!"

마리아는 일부러 헛기침을 했다.

"신계의 이야기를 인간에게 하는 것은 금기사항이야. 가장 위대한 신께서는 인간처럼 미천한 것들이 실제 신을 알고 신앙심을 품는 것을 좀 싫어하시거든."

"왜?"

"후후, 이 마리아님이라고 해서 뭐든 다 아는 건 아니란다."

그녀가 진홍색 단발을 툭 훑었다.

'그냥 모른다고 하면 되잖아?'

내심 투덜거린 올리버는 다시 입을 열었다.

"렘런트들이 그분들을 신의 하수인이라고 부르던데, 정말 그런 거야?"

"명칭은 다양해. 신의 기사라고 부르는 자도 있고, 하이볼크의 개라고 부르는 자들도 있지."

"하이볼크?"

"가장 위대한 신의 이름이야. 그냥 그렇게만 알아두는 게 좋아. 괜히 하이볼크 교단 같은 걸 만들었다가는 쥐도 새도 모르게 죽을 테니까."

찻물이 끓었다. 마리아는 그림자들로 하얀 법랑질 찻잔과 주전자, 그리고 쟁반을 준비하며 키득거렸다.

"라디언트님은 그 집단의 리더나 마찬가지인 분이시지. 또한 우리 마족들의 은인이시기도 하시고 말이야."

그녀는 그림자로 주전자를 들어 방금 전에 준비한 법랑 주전자에 찻물을 옮겼다.

"라디언트님과의 만남은 큰 행운이야. 평생 간직하렴."

만약 행운과 행복을 같은 뜻을 지닌 다른 말이라고 한다면, 올리버는 마리아가 말한 그 '행운'이라는 말에 그다지 동의할 수 없었다.

하이엘바인, 리오, 휀과 만난 것은 분명 신기하고 대단한 일이지만 그들이라는 존재와 맞먹는 적대적 존재와도 상대하고 있기 때문이다.

엄밀하게 따졌을 때, 구원받을 가능성이 있는 지옥보다는 아무런 해가 없는 일상이 더 나은 법이었다.

"너는 라디언트님이 마음에 안 드니?"

마리아가 묻자 올리버는 미지근하게 웃었다.

"그건 아니지만… 리오님이랑 다르게 좀 어려운 분이잖아?"

"주제를 모르는 아이로구나."

마리아가 찻잔과 주전자가 놓인 쟁반을 들고 부엌을 나갔다. 할 말을 잃은 올리버는 헛웃음을 터뜨렸다.

마리아가 준비해 온 차를 마시며 라그나로크 기록실에 대한 자료를 살핀 휀은 이윽고 리즈와 클라라, 스트라케를 라그나로크 기록이 있는 저택 지하에 모이도록 했다.

이유는 말해주지 않았다. 스트라케는 일방적인 무례함이라며 불만을 터뜨렸다.

그러나 찬동해 주는 사람은 없었다. 특히 유일한 친구인 클라라의 심경 변화는 스트라케에게 큰 충격을 주었다.

클라라는 휀에게 매우 호의적이었다. 그렇다고 마리아처럼 옆에 달라붙어 아양을 떠는 것은 아니었다. 단지 과자를 이따금씩 권할 뿐이었다.

여전히 늑대의 모습을 유지하고 있는 스트라케는 클라라와 함께 저택 뒷마당에서 식사를 했다. 집 안에는 그녀의 큰 몸집을 넣을 수가 없기 때문이었다.

클라라는 빵과 과자를 투구 안으로 아삭아삭 밀어 넣었다. 투구 속에 어둠만이 존재하는 그녀가 어떻게 음식물을 섭취하는지는 여전히 수수께끼였다.

스트라케는 겉모습에 맞게 앞에 놓인 생고기들을 사납게 물고 뜯었다.

식사 도중에 스트라케가 턱을 멈추고 클라라를 돌아봤다.

[너, 왜 그 남자를 따르는 거지?]

스트라케의 두꺼운 꼬리를 소파 삼아 앉아 있던 클라라는 친구를 응시했다.

[누구?]

[휀 라디언트 말이야. 설마 네가 녀석의 말을 잘 따를 줄은 몰랐어.]

클라라의 눈빛이 찌부러졌다.

[그의 말을 잘 들으라고 하이엘바인님께서 말씀하셨잖아?]

타이르듯 말한 클라라는 빵을 입에 문 채, 정확히는 투구 속에 도사리는 어둠 속에 꽂은 채 오른손 검지를 좌우로 까딱 거렸다.

[후배를 상대로 너무 조급해하면 못써. 상냥하게 받아줘야 언니다운 거야.]

[누나겠지.]

스트라케가 눈살을 찌푸렸다.

둘은 다시 먹는 것에 집중했다.

스트라케는 덩치만큼이나 많은 고기를 요구했다. 큰 소 한 마리가 3일 만에 그녀의 입속으로 사라진 것은 은근히 유명 한 일이 되었다.

사육된 소 한 마리의 가격은 대단했지만 리즈에겐 큰 문제 가 되지 않았다.

그는 대륙에서 손꼽히는 부자일 뿐만 아니라 대륙 각지에 서 활동 중인 스타인 가문의 사무소에서는 오크, 트롤 등과 전쟁 중인 지금도 꾸준히 돈을 보내오고 있었다.

덕분에 풍족한 식사를 즐기는데도 불구하고 스트라케에게는 작은 불만이 있었다.

[아, 과일을 좀 먹고 싶어.]

[과일?]

[정확히는 단 것. 며칠째 고기만 씹으니 머리가 이상해지는 거 같아.]

[그럼 나한테 얘기를 하지 그랬어? 창고에 잔뜩 있는 게 과일이란 말이야.]

스트라케는 한숨을 쉬었다.

[그래? 다행이군. 하지만 이 늑대의 몸으로는 과일 맛을 느끼기가 힘들어. 지금의 나에게 있어서 과일은 작은 알갱이나 다름없다고. 들이마셔도 될 정도란 말이야. 이건 고통이야.]

클라라는 친구를 토닥거렸다.

[있다가 본래 모습으로 돌아가면 잔뜩 먹자. 도와줄게.]

[음.]

스트라케는 클라라가 곁에 있다는 사실이 너무 기뻤다.

그러나 그 기쁨도 잠시.

시간에 맞춰 나온 리즈는 오딘의 눈을 이용해 클라라와 스트라케를 본래의 모습으로 되돌려주었다.

클라라는 스트라케가 먹을 과일들을 확보하기 위해 곧장 창고로 뛰어갔다.

스트라케는 친구의 저돌적인 모습과 조금 뒤 맛볼 과일즙의 달콤함에 빠져 행복해했다.

하지만 클라라가 가져온 것은 어떤 딱딱한 물질이 안쪽에서 사각거리는 커다란 자루였다.

[많이 먹어!]

클라라는 몸에 걸친 중장갑옷에 걸맞게 도구를 이용해야 열 수 있는 자루를 맨손으로 뜯어 열었다.

그 안에는 얇게 썰어 말린 과일, 이른바 건과(乾果)가 잔뜩 들어 있었다.

실망감이 스트라케를 짓눌렀다.

"과일이 왜 이렇지?"

그녀의 목소리는 떨리고 있었다.

"생과일은 잘 썩으니까요. 그래도 맛은 보장합니다. 우리 스타인 가문의 건과는 왕실에도 납품되지요."

리즈가 활짝 웃었다. 스트라케는 눈치없이 웃는 그가 왠지 얄미웠다.

그들은 휀이 정한 시간에 따라 라그나로크 기록이 있는 저택 지하로 향했다.

클라라와 스트라케는 마치 물과 불처럼 다른 모습, 다른 표정으로 리즈를 뒤따랐다.

검은색 장발의 클라라는 몸에 걸친 중장갑옷과 연한 미소가 묘하게 어우러져 매우 차분한 분위기를 자아냈다.

그러나 봉투에 잔뜩 담긴 큰 과자를 맛있게 씹는 모습이 두꺼운 갑옷 때문에 후덕해 보이는 그녀를 더욱 두껍게 보이도록 만들었다.

스트라케는 늑대의 갈기처럼 풍성하고 거친 주황색 단발을 이따금씩 손으로 긁는 모습이 매우 야성적이었다.

그녀가 입은 은색의 갑옷은 클라라와 달리 얇고 가벼웠으며 활동성을 높이기 위해 갑옷의 덩어리가 작았다.

체크무늬 치마의 밑에는 검은색의 바지를 입고 있었는데, 다리가 별다른 굴곡 없이 쭉 뻗은 터라 언뜻 보기에는 조금 마른 미소년처럼 보였다.

그녀와 클라라의 동일한 점은 서로 뭔가를 계속 먹고 있다는 점이었다.

리즈는 쉴 새 없이 건과를 먹는 스트라케를 물끄러미 바라봤다.

스트라케가 그 시선을 느끼고 리즈를 응시했다.

"왜?"

클라라와 달리 스트라케는 원래 모습이 되면 하이엘바인 외의 존재들과도 의사소통이 가능했다.

"아, 아닙니다."

리즈가 머쓱해했다.

"어이. 말을 해, 말을."

그 불명확한 태도에 야생늑대처럼 긴장감이 팽팽한 스트라케의 눈동자가 꿈틀했다. 그러자 클라라가 손으로 스트라케의 어깨를 가볍게 두드렸다.

"전투, 전투."

그 모습은 뭔가를 해명하는 듯했다.

"응? 아, 그런 거군."

그 말을 알아들은 스트라케는 과일 조각을 다시 입에 넣고 우물거렸다.

"우리 발키리들은 먹을 틈이 있으면 무조건 먹어서 체력을 비축하도록 훈련을 받았지. 임무 때문에 물만 가지고 일주일을 버티는 경우도 있거든."

"전투, 전투."

클라라가 눈웃음을 지은 채 고개를 끄덕거렸다.

리즈도 뒤따라 고개를 끄덕였다.

"아, 그래서 하이엘바인님께서도 그렇게 드셨던 거군요."

"그것 때문에 좀 걱정이야."

"예?"

스트라케가 걱정했다.

"이 저택에 계실 때는 눈칫밥을 드시더라고. 그 빨간 머리에게 얼마나 험한 일을 당하셨으면 그러시는 건지 상상이 안

가. 좀 더 씩씩하게 드실 수 있는 분인데 말이야."

리즈는 마땅한 대답을 찾지 못했다.

이윽고 그들이 머물고 있는 지하로 휀이 내려왔다.

"오셨습니까?"

리즈가 자신을 맞이하자 휀은 빛의 구슬을 만들어 지하공간을 더욱 밝히는 것으로 인사를 대신했다.

스트라케는 못마땅한 표정으로 그를 훑어봤다.

"하이엘바인님의 지시가 있어 일단 따르겠지만 시간을 오래 끌지 않았으면 좋겠군."

"두 분을 위한 일입니다만?"

스트라케는 그런 식의 대답이 마음에 들지 않았다.

"리즈 스타인님에 대한 생각은 아예 없나? 지금 가장 고생하는 사람은 이분이야!"

"전투!"

클라라도 큰 소리로 친구의 뜻에 동의했다.

휀의 코 밑으로 숨소리가 길게 흘러나왔다.

"성공한다면 스트라케님께서는 침대에서 편하게 주무실 수 있을 겁니다."

늑대일 때의 버릇 탓인지 스트라케의 귀가 쫑긋 움직였다. 눈을 크게 뜬 채 휀을 바라보던 그녀가 갑자기 목에 두른 머플러를 잡아당겨 느슨하게 했다.

"후, 후배 주제에 감히 나를 걱정해? 자존심이 상해서 몸이 다 뜨거워지는군!"

휀은 무덤덤한 표정으로 다른 곳을 봤다.

"그럼 조사를 시작하겠습니다. 협조해 주십시오."

그는 손으로 라그나로크 기록이 새겨진 벽면들을 하나씩 짚어봤다.

몇 분 동안 그 모습을 지켜본 스트라케가 이윽고 우쭐댔다.

"하이볼크의 하수인들 중 가장 강하다고 들었는데 자네도 별거없군. 이 석판은 손이나 눈으로 읽는 것이 아니야."

"그렇다면 무엇으로 읽습니까?"

"정의로운 마음과 열정으로! 헉!"

스트라케의 등이 순간 뒤로 젖혀졌다. 클라라가 철갑을 찬 주먹으로 그녀의 등판을 찌른 것이다.

일단 클라라는 웃고 있었으나 갑옷 밖에서 흘러나오는 기운은 매서웠다.

"노, 농담이야. 농담이라고, 클라라."

휀은 지루한 쇼를 바라보는 관객의 눈으로 그녀를 재촉했다.

"그럼 시작하지."

스트라케의 눈이 붉은색 빛을 냈다.

그녀의 시선이 닿을 때마다 벽면의 석판들이 맑은 소리를 내며 빨갛게 빛났다. 시선에서 벗어난 석판은 다시 검은색으로 차갑게 식었다.

휀은 해답을 얻은 학자처럼 팔짱을 꼈다.

'그런 것이군.'

잠시 생각을 정리한 그는 아스가르드의 힘을 과시하듯 정신없이 석판들을 읽고 있는 스트라케를 불렀다.

"클라라님의 개인적인 특기나 취미는 무엇입니까?"

"뭣이?"

스트라케의 눈빛이 식었다. 그녀는 과자를 계속 먹고 있는 친구를 흘끔 본 뒤 허리에 손을 얹었다.

"내가 친구의 취미를 가벼이 밝히는 사람이라 생각했나?"

"음악과 관련되었다고 생각합니다만."

휀이 무기로 푹 찌르듯 자신의 예상을 말하자 스트라케와 클라라 모두 동작을 멈췄다.

"저, 전투……?"

"그걸 어떻게 알았지?"

휀의 예상대로 클라라의 취미는 음악과 관련되어 있었다.

그녀는 아스가르드가 존재할 당시 발키리들 가운데에서 가장 악기를 잘 다룰 뿐만 아니라 즉흥적인 작곡 능력도 신들의 칭찬을 받을 정도로 뛰어났다.

휀은 그 사실을 몰랐다. 그러나 그가 이곳에서 접한 상황은 클라라의 취미를 꽤 정확하게 유추할 수 있도록 해주기에 충분했다.

"이곳은 라그나로크 기록이 있는 장소일 뿐만 아니라 클라라님께서 계시던 곳입니다. 혹시 뭔가 숨겨져 있다면 그것을 푸는 방법은 클라라님의 능력과 관련되어 있을 겁니다."

그가 이어서 말했다.

"이 방에 있는 석판들은 스트라케님의 힘에 반응하여 빛과 소리를 냈습니다. 빛의 의미는 아직 모르겠습니다만 소리만큼은 이 방 전체를 악기로 사용해도 손색이 없을 만큼 정교하고 음색이 좋았습니다."

그는 석판 중 하나에 손을 댔다.

"클라라님께서는 이 석판들을 이용해 간단한 연주를 해주십시오."

어떻게 할까 망설이던 클라라는 과자 봉투를 스트라케에게 건네준 뒤 석판들을 훑어봤다. 그녀가 석판을 읽을 때의 색은 하늘색이었다.

석판들로부터 맑은 소리가 울렸다.

휀의 이야기를 들은 뒤라 그런지 리즈는 그것이 정말 악기의 소리처럼 들렸다.

몇 분간의 실험 끝에 어디를 어떻게 읽어야 어떤 소리가 나오는지 기억한 클라라는 뭔가 알았다는 듯 입술에 힘을 꽉 주었다.

"전투."

시작하겠다는 뜻이었다.

그녀는 석판들을 한 번 훑다가 잠시 눈을 감고는 위쪽과 아래쪽, 그리고 몇 칸 더 떨어진 석판을 차례로 주시했다.

그전까지만 해도 난잡하기만 했던 소음들이 클라라가 만든 음악의 규칙과 감각에 의해 제법 아름다운 음악 소리로 변했다.

그녀가 만들어내는 선율이 저택 지하를 가득 채우는 찰나, 가벼운 진동과 함께 바닥에서 뭔가 움직이는 느낌이 일행 전체에게 전해졌다.

파란색의 빛이 바닥 저편에서 중앙 쪽으로 퍼졌다. 누가 어떻게 손을 쓸 수도 없을 만큼 빨랐다.

바닥 전체가 파랗게 빛났다. 휀과 스트라케, 클라라, 리즈는 그 빛에 밀려 올라가듯 몸이 가벼워짐을 느꼈다.

'공간이 열렸군.'

휀은 교신기를 조작했다.

이윽고 모두의 모습이 기록실에서 사라졌다.

잠시 후, 다시 땅을 밟은 리즈는 중심을 잡지 못해 허우적거리다가 결국 주저앉고 말았다. 오색의 꽃잎들이 그가 쓰러진 장소에서 튕겨 날아갔다.

'꽃?'

머리를 흔들어 꽃잎들을 털어낸 리즈는 재빨리 좌우를 둘러봤다.

그곳은 저택 지하가 아니었다. 산과 비슷한 물체에 빙 둘러싸인 큰 꽃밭이었다. 하늘은 파랬고 태양을 대신하는 물체가 상공에서 눈부시게 빛났다.

꽃밭의 풍부한 색과 은은한 향기, 그리고 상쾌할 정도로 차가운 그곳의 공기는 언뜻 낙원의 일부처럼 보였다.

하지만 리즈는 얼마 못 가 자신만 이곳에 뚝 떨어진 게 아닐까 하는 두려움에 휩싸였다.

다행히도 스트라케와 클라라가 리즈의 눈앞에서 빛을 가르며 나타났다.

착지하며 몸을 낮춘 그녀들은 서로와 리즈의 무사 여부를 확인한 뒤 깊게 안도했다.

마지막으로 휀이 코트 주머니에 손을 넣은 채 가볍게 땅을 밟았다.

그를 잠깐 의식한 스트라케는 긴장된 눈으로 자신들이 밟은 땅을 살폈다.

"이곳은 뭘까?"

그녀는 흙을 한 줌 집어 냄새를 맡았다.

"신선해. 습기도 충분하고 미생물도 살고 있어. 꽃들도 가짜가 아니야. 하지만 이 정도의 양분과 물을 공급해 줄 존재가 안 보이는데?"

"물은 저쪽에서 느껴져."

클라라가 손가락을 꽃밭 중앙으로 뻗었다.

리즈가 흠칫했다. 클라라가 지금 분명히 말을, 자신도 알아들을 수 있는 언어를 사용했기 때문이다.

"아무래도 샘물이 있는 것 같아. 그렇다고 해도 나비나 벌이 안 보이는 것으로 봐서 자연적인 지형이라고 보긴 힘드네."

중얼거린 클라라는 주변을 계속 훑어봤다.

"공간의 틈새일까?"

"그럴지도."

스트라케는 고개를 끄덕여 친구의 말에 동의했다.

"지금 클라라가 말을 했어요!"

리즈가 참지 못하고 외쳤다.

스트라케는 무슨 소리냐는 얼굴로 리즈를 쳐다봤다. 하이엘바인과 마찬가지로 클라라와의 의사소통에 아무런 불편도 느끼지 못하고 있던 그녀로선 당연한 반응이었다.

"아!"

스트라케가 뒤늦게 놀랐다. 친구의 비명에 놀란 클라라는 장갑을 벗고 성대 부근을 눌러봤다.

"아, 진짜네? 우와!"

그녀가 갑자기 두 팔을 벌리고 리즈에게 돌진했다.

"도련님!"

병정 모습의 클라라가 자주 보여주던 행동이었다.

리즈는 기뻤다. 기뻤으나 두려웠다.

이곳에 있는 사람들 가운데 휀 다음으로 신장이 큰 클라라가, 그것도 중장갑옷까지 껴입고 돌진하는 모습은 연약한 리즈의 눈에 한없이 압도적이었다.

다행히도 클라라는 리즈가 다치지 않을 정도로 힘을 조절하여 그를 껴안았다.

그렇다 해도 철갑 때문에 얼굴이 아팠지만 리즈는 클라라와 제대로 된 대화를 할 수 있다는 사실이 매우 기뻐 내색하지 않았다.

"듣는 것만으로도 기뻐, 클라라."

"예, 도련님! 클라라는 너무너무 기뻐요!"

클라라는 리즈를 부둥켜안은 채 몸을 좌우로 흔들었다.

스트라케는 얼굴이 살짝 구겨진 채 휘둘리는 리즈의 모습에서 과거를 떠올렸다.

'하이엘바인님께서도 자주 당하셨지.'

그녀는 클라라의 등판을 쳤다.

"어이, 적당히 해. 도련님은 하이엘바인님과 다르단 말이야."

"아!"

급히 팔을 푼 클라라는 중심을 잃고 쓰러지려는 리즈의 어깨를 붙들고 그를 살폈다.

"괜찮으세요, 도련님? 제가 너무 흥분했나 봐요!"

"괘, 괜찮아. 난 괜찮으니까……."

리즈는 눈앞이 어질어질했다.

주변의 꽃과 수풀들이 사각거렸다.

자신들과 관련이 없는 그 소리에 클라라와 스트라케의 눈매가 단숨에 변했다.

스트라케의 손에서 널빤지처럼 길고 넓은 양손대검이 나타났다. 클라라는 보기만 해도 부담스러울 만큼 큰 돌격창과 원형의 방패를 각각 들었다.

아무런 무기도, 갑옷도 가져오지 않은 리즈는 뒤늦게나마 자세만 조금 낮췄다.

휀은 코트 주머니에 찔러 넣은 손과 조금 거만하기까지 한 자세를 유지한 채 주변을 살폈다.

기습적으로 나타난 존재들은 당연하게도 인간이 아니었다.

몸 전체가 황색으로 밝게 빛나는 문자들의 집합으로 이뤄진, 휀에게는 조금 낯익은 존재들이었다.

'레플리카?'

휀의 첫 판단대로 그들의 모습은 레플리카와 똑같았다. 하지만 몸을 이루고 있는 문자들의 형태가 완전히 달랐다.

'룬 문자로군.'

그가 눈가에 힘을 주었다. 자신의 지식을 벗어난 존재들에 대한 불쾌감이었다.

'들은 바가 없지만… 신경 쓸 바도 아니겠지.'

그 룬 문자의 레플리카들이 무쇠의 마찰음을 내며 조금씩 조여들어 왔다.

그들 중에 하나가 머리를 부르르 떨었다.

인간의 눈이 위치해야 할 자리가 위아래로 열리더니 검은색의 공간이 드러났다. 그 새카만 공간은 클라라를 정확히 노려봤다.

"발키리, 클라라."

그 괴이한 존재의 부름에 클라라의 투구 정중앙을 차지한 붉은색 깃이 흔들렸다.

"누구십니까?"

청초하면서도 왠지 멍하던 클라라의 표정이 적을 앞둔 전사의 것으로 변했다.

"너는 부적격자와 함께 왔다."

레플리카가 그녀의 질문을 무시하고 선언했다. 뒤이어 경고하듯 레플리카들의 몸을 이룬 룬 문자들이 빨갛게 달아오르며 부르르 떨렸다.

"우리들이 다시금 오딘의 눈을 정화해 주겠다."

클라라와 스트라케가 움찔했다.

불쑥 늘어난 레플리카의 손이 둘의 사이를 쏜살같이 지나 리즈의 머리를 붙들었다. 피할 틈도 없이 당해 버린 리즈는 낚시에 당한 작은 고기처럼 허공으로 들렸다.

레플리카의 검은색 눈이 일그러졌다.

"새로운 숙주를 찾아라, 클라라. 임무를 완수하라."

두개골을 부술 듯한 통증이 리즈의 머리를 죄어왔다.

"아아아악!"

비명을 지른 리즈는 반사적으로 팔을 들어 레플리카의 손을 떼어내려 했다. 그러나 그의 가는 팔은 허공을 휘저을 뿐이었다.

"아?"

리즈는 눈을 떴다. 레플리카의 손도, 그리고 손이 주던 통증도 씻은 듯이 사라져 있었다.

대신 휀의 뒷모습이 보였다. 오른손에 플렉시온을 든 채 레플리카의 손목을 움켜쥐고 있는 그의 모습은 상당히 침착했다.

"너희의 주인은 어디 있나?"

휀의 질문에 레플리카의 손이 수축되어 본래의 위치로 돌아갔다. 휀은 들고 있던 플렉시온을 아래로 내렸다.

잔뜩 일그러져 있던 레플리카의 눈이 번쩍 뜨였다.

"그 물음에는 대답할 수 없다."

스트라케는 레플리카로부터 공격적인 기세를 느꼈다. 하지만 휀은 산책을 하듯 레플리카를 향해 발걸음을 떼었다.

"남에게 떠넘길 생각이라면 조금 늦었군."

그가 중얼거리듯 말했다.

사방에 있던 모든 레플리카들이 선 채로 몸 곳곳에서 빛을 뿜으며 산화했다. 오로지 리즈를 공격했던 레플리카만이 온전할 뿐이었다.

레플리카의 검은색 눈이 멈칫했다. 인간으로 치자면 소스라치게 놀랐을 때와 견줄 수 있는 반응이었다.

클라라와 스트라케도 경악했다.

'언제 저들을 공격한 거지? 저자가 우리의 감각을 초월하는 게 가능한 일인가?'

레플리카 앞에 바짝 다가선 휀은 자신과 비슷한 키의 상대와 시선을 맞췄다.

"주신계에서 왔다."

그가 주먹을 들고 레플리카의 커다란 눈을 때렸다. 왼쪽 주먹에 눈과 머리를 관통당한 레플리카는 정육점에 걸린 고기처럼 축 늘어졌다.

"내 예절의 한계는 여기까지니 잘 판단하도록."

레플리카가 일순간 사라졌다. 더불어 주변에 존재하던 빛과 꽃밭도 순식간에 지워졌다.

어둠 속에서 네 명의 모습만이 빛났다. 땅도, 하늘도 존재하지 않았다.

그런 현상을 처음 겪는 리즈는 모든 감각이 마비되는 그 상황을 견디지 못하고 익사하기 직전의 사람처럼 팔다리를 허우적거렸다.

"도련님!"

클라라가 리즈의 손을 붙들었다.

"클라라!"

리즈는 두 손으로 그녀의 철갑 손을 꽉 잡았다. 클라라는 리즈를 힘있게 잡아당겨 왼쪽 팔로 꽉 껴안았다.

이윽고, 그 어둠의 공간 전체가 진동했다.

"이 장소의 진실을 이토록 빨리 알아내다니, 놀라울 따름이군."

노쇠한 감이 뚜렷한 남자의 목소리였다.

"주신계에서 왔다면 하이볼크의 심부름꾼이겠지? 어떻게 진실을 알아냈나?"

훼은 대답없이 목소리가 들리는 방향을 쳐다봤다. 아이스 블루 색의 눈동자가 서늘하게 빛을 흘렸다.

"예절을 중시하는 젊은이로군."

웃음기가 목소리에 섞였다.

"내 이름은 '미미르'라 하네. 아스가르드의 신이자 거인이 지."

클라라와 스트라케의 눈이 벌어졌다.

"미, 미미르님?"

"그렇다, 발키리들이여. 너무 오래간만이라 내 목소리를 잊은 것 같구나."

"송구합니다!"

스트라케가 자세를 낮췄다. 클라라도 고개를 숙여 예의를 보였다.

특유의 차가운 기운을 조금 누그러뜨린 휀은 검을 거두고 자세를 바로 했다.

"하이볼크님의 명령을 받아 이곳에 온 휀 라디언트라 합니다."

"그렇군. 이곳에는 무슨 일로 왔나? 그리고 이 장소에 숨겨진 진실을 어찌 알아냈나?"

휀은 코트 주머니에서 자신의 교신기를 꺼내 보였다.

"이 기계로 이곳에 적용되는 각종 법칙을 알아볼 수 있습니다. 그 결과 이곳은 미미르님이 소유하고 계시는 사유지, 즉 개인공간으로 밝혀졌습니다."

"호오, 대단하군. 그렇다면 나의 창조물들을 분쇄한 것도 그 기계의 힘인가?"

"저에게는 신들을 탄핵하고 소멸시키는 권한이 있습니다."

미미르는 잠시 동안 아무 말도 하지 않았다.

"흠, 아무래도 내가 잘못 걸린 것 같군. 그런 말도 안 되는 권한의 소유자라면 개인 공간의 침식 및 파훼 정도는 아무것도 아니겠지. 휀 라디언트여, 그대는 나를 붙잡기 위해 이곳에 온 건가?"

"답변 여부에 따라 집행을 결정하겠습니다."

신을 신답게 대우하지 않는 그의 태도에 클라라와 스트라케는 할 말을 잃었다.

"좋은 거래가 되겠군. 뭐든 물어보게."

미미르는 담담하게 응했다.

클라라와 스트라케는 무기를 거뒀다. 그녀들의 의식에 전해지고 있는 미미르의 음성은 그들의 기억과 일치했다.

'미미르님이 왜 이런 곳에 계시지?'

클라라가 걱정했다.

'어둠 속에서 말씀하실 분은 아닌데……'

스트라케 역시 아리송하여 고개를 가로저었다.

'그보다 저 녀석은 미미르님에 대해 뭘 좀 알고 저러는 건가?

스트라케는 휀의 행동이 영 껄끄러웠다.

그녀와 클라라는 한때 아스가르드의 현자라 칭해졌던 미미르의 현명함을 잘 알고 있었다.

가질 수 있는 지식을 모두 가졌다고 전해지는 오딘조차도 그에게 상담을 했을 정도니 두말할 나위가 없었다.

둘은 휀이 그런 신을 상대로 대체 무슨 말을 할지 궁금하기도 했다.

휀이 지체없이 물었다.

"스트라케님에 의해 억눌려 있던 아틀라스가 소멸됐습니다. 하지만 스트라케님은 본래 모습을 되찾지 못하고 계십니다. 이유를 알고 싶습니다."

예상을 깨고 자신에 대한 얘기가 나오자 스트라케가 멋쩍어했다.

"주신계가 스트라케에게 관심을 두다니, 의외로군."

"이것은 개인적인 질문입니다."

"개인적인?"

"하이엘바인님과 약속한 것이 있습니다."

스트라케는 자신에 대한 일을 책임지고 알아보겠다고 한 휀의 말을 떠올렸다.

'진심이었나?'

그녀는 연신 머리를 긁었다. 클라라는 친구의 그런 행동을 주목했다.

"하이엘바인이라……. 그 아이까지 이 세계에 내려왔단 말인가? 예상보다 이르군."

미미르의 한숨 소리가 공간을 울렸다.

"어디까지 알고 있나? 아무리 개인적인 질문이라 해도 올림포스에 대한 것은 어느 정도 알고 있겠지?"

"그렇습니다."

"좋군. 짧게 얘기하지. 아틀라스의 힘을 억누르기 위해서는 스트라케를 울프헤딘 상태로 만들 필요가 있었네. 그래야 좀 더 쉽고 안전하게 레플리카 속에 넣을 수 있었기 때문이지."

"레플리카에 대해 어디까지 알고 계십니까? 방금 전에도 레플리카들을 사용하셨는데, 레플리카의 제작에 관련된 모든 사항은 주신계에서도 극비입니다."

"후후, 자네가 그렇게 나올 줄 알았네."

모두의 눈앞에 빛으로 된 도형들이 어지러이 떠올랐다. 리즈는 그것들을 알아볼 수조차 없었고 클라라와 스트라케는 그 압도적인 물량에 입을 다물지 못했다.

도형들을 살핀 휜의 눈썹이 버릇대로 꿈틀했다.

'레플리카의 설계도면이군.'

그것도 전부 룬 문자로 되어 있었다.

"내가 바로 레플리카의 창조주일세. 하이볼크의 의뢰로 만들었지. 이건 아마 자네의 권한을 넘어선 기밀일 거야."

사실이었다.

휀은 냉정을 유지한 채 미미르의 이야기가 이어지기를 기다렸다.

"아무 말도 않는 것을 보니 그 레플리카의 존재 자체를 몰랐던 것 같군. 스트라케를 담고 있던 레플리카는 아마 자네들이 인식하지 못했을 것이네. 내 손을 직접 거친 물건이고, 또 그래야만 하기 때문에 하이볼크가 그렇게 좋아하는 '등록 번호'로부터 제외됐거든."

"……."

"그 이상의 이야기는 자네의 개인적인 질문과는 상관이 없는 것 같으니 그만두겠네."

보복성이 뚜렷한 말이었다.

"그럼 스트라케에 대한 이야기를 계속해 보지."

휀은 침묵을 유지했다. 스트라케는 본인의 이야기인만큼 바짝 집중했다.

"혹시나 있을 상황에 대비해 스트라케의 울프헤딘은 이중으로 잠가두었네. 내 입장이 좀 난처한 까닭에 그리 조치를 한 것이니 이해해 주게."

미미르의 말에 휀은 기억을 더듬어봤다.

'미미르는 여태껏 수배명단에 오른 적이 없었지. 내가 모르는 일이 또 있군.'

그가 받은 임무 내에 미미르에게 해를 끼치라는 명령은 없었다. 그에 관한 일은 일단 미미르와 접촉한 뒤 현장 판단에 따라 움직이라는 것에 그치고 있었다.

"두 개의 자물쇠 중에 하나는 스트라케의 해방과 함께 풀려났고, 남은 하나는 이 녀석에게 맡겨두었지."

레플리카의 설계도가 사라지고 새로운 화면이 큼지막하게 떠올랐다.

화면 안에는 땅의 깊은 틈새 사이에 몸을 웅크린 채 잠들어 있는 검은색의 드래곤이 담겨 있었다.

인근에 있는 바위의 질감과 비교해 봤을 때 드래곤의 크기는 상당히 작았다. 서룡족의 드래곤과 비교하자면 유년기 정도의 크기였다.

하지만 몸과 두상의 형태, 그리고 껍질과 비늘에 새겨진 흔적은 세월을 가늠하는 것조차 힘들었다.

"요르문간드, 아니, 브리간트가 낳은 아이들 가운데 가장 오래된 존재지. 이 '파프니르'를 제거하도록 하게."

"그렇다면 그 파프니르의 위치를 말해주십시오."

"후후."

미미르의 웃음소리가 휀의 심기를 긁었다.

"파프니르를 단순하게 보지 말게. 스트라케의 자물쇠를 지키도록 내가 손을 본 녀석일세. 육체적인 개조는 물론이고 오로지 자기 자신을 지키기 위한 의지만을 심어놨지. 상상 이상으로 강력한 존재이니 각오를 단단히 해야 하네."

"알겠습니다."

파프니르의 위치가 표시된 지도가 휀의 눈앞에 켜졌다. 그는 지도를 교신기로 촬영하여 위치를 확인했다.

파프니르는 스트라케가 있던 드워프의 도시로부터 얼마 떨어지지 않은 산맥 한가운데에 있었다. 인근에 작은 마을이 몇 개 있긴 했지만 휀은 그리 신경 쓰지 않았다.

"다른 질문은 없나?"

미미르가 묻자 휀은 대답에 앞서 교신기를 주머니에 넣었다.

"없습니다. 성실히 응해주셔서 감사합니다."

그가 좀 더 많은 것을 질문할 줄 알았던 클라라와 스트라케, 그리고 리즈는 상당히 의아해했다. 예를 들어 오딘의 눈이나 라그나로크 기록에 대한 것 등등, 질문할 것은 무궁무진했다.

하지만 휀은 이런 일에서 질문이 능사가 아님을 알고 있었다.

질문을 하여 적절한 대답을 얻는다 하더라도 그 답변이 과연 진실인지 거짓인지는 알 길이 없었다.

떳떳하지 못한 자가 진실을 얘기할 리도 없거니와 오히려 혼란을 주기 위해 의도적인 거짓을 얘기할 수도 있었다.

특히 미미르처럼 현명함으로 유명한 신은 듣는 자의 사고구조를 마비시킬 만큼 뛰어난 언변을 발휘할 수 있었다.

그렇다면 어설프게 중요한 질문을 하는 것보다는 파프니르의 존재처럼 상대가 거부감을 일으키지 않을 만한 사항을 물어서 얻을 수 있는 것을 확실히 얻는 편이 나았다.

그것이 휀의 판단이었다.

"그리고 클라라."

"예, 미미르님."

클라라는 품에 안아 보호하고 있는 리즈를 더욱 단단히 잡았다.

"그 인간을 아끼는 네 마음은 알지만 오딘의 눈은 너와 그 인간 모두에게 도움이 되지 않을 거다. 문제가 더 커지기 전에 냉정함을 되찾고 네 사명을 다하길 바란다."

"기억나지도 않는 사명을 어찌 다하란 말씀이십니까!"

저항하듯 목소리를 높인 그녀는 고개를 저었다.

"평생 말을 할 수 없게 된다 하더라도 도련님께 해가 되는 일은 하지 않을 것입니다."

"너와 그 인간은 꽤 강인한 인연으로 맺어진 것 같구나."

미미르의 말은 한탄에 가까웠다.

"대신 올림포스의 아이기스를 지키는 너의 사명만은 잊지 말기 바란다."

그 순간 모두의 뒤쪽에 라그나로크 기록실이 훤히 보이는 큰 구멍이 열렸다.

"돌아갈 길을 열어주었네. 휀 라디언트여, 오늘의 만남이 부디 발전적인 방향으로 흘러가길 바라네."

"알겠습니다."

휀은 다른 셋이 먼저 통과하기를 기다린 후 마지막으로 그곳을 떠났다.

모두가 사라진 뒤, 어둡기만 하던 공간이 다시 빛으로 가득한 꽃밭으로 변했다. 그 속에서 레플리카 하나가 홀연히 나타나 검은색의 눈을 번쩍 떴다.

"다른 것은 그렇다 쳐도, 하이엘바인이라고?"

레플리카의 몸이 저릿저릿 진동했다.

"맹약을 깬 자가 대체 누구란 말인가!"

분노에 가득 찬 포효가 공간 속에서 휘몰아쳤다.

다른 이들과 함께 저택 지하에서 빠져나온 휀은 곧바로 거실에 들어가 소파에 앉았다.

코트를 벗어서 소파 구석에 던진 그는 다리를 꼬고 앉은 채 생각에 잠겼다. 그 모습이 너무 싸늘하여 저택의 식구 모두가 바짝 긴장했다.

리즈가 장난감 병정의 모습으로 돌아온 클라라를 데리고 그에게 다가왔다.

리즈는 머뭇거리기만 하고 말을 하지 못했다. 결국 클라라가 바지를 잡아당기며 재촉을 한 뒤에야 겨우 말문을 열었다.

"아, 아까 구해주셔서 감사드립니다, 라디언트님."

그러나 휀은 그에게 눈길 한 번 주지 않고 생각에만 몰두했다. 나름대로 용기를 내어 그에게 말을 걸었던 리즈는 그의 싸늘한 반응에 매우 민망해했다.

눈을 돌릴 곳조차 찾지 못한 리즈는 오딘의 눈을 사용한 탓에 조금 길어진 머리카락을 만지며 창밖을 봤다.

'전혀 도움이 안 되는구나, 나는.'

그는 옆에 있는 클라라의 투구를 쓰다듬었다.

아까 그 공간에서 들었던 '부적격자'라는 말이 머릿속에서 계속 맴돌아 그를 괴롭게 했다.

만약 자신 때문에 클라라가 고통받고 있는 것이라면 리즈는 지금 당장에라도 오딘의 눈을 포기할 수 있었다.

행여나 그것이 자신에게 해가 되는 방향이라 해도.

그때, 마리아가 법랑질 찻잔과 주전자를 올린 쟁반을 들고 다소곳이 걸어왔다.

"말씀하신 대로 끓여왔사옵니다, 라디언트님."

마리아는 그림자의 힘으로 작은 테이블을 들어 휀의 앞으로 옮겼다.

그녀는 쟁반을 놓은 뒤 찻잔 위에 찻물을 부었다. 투명한 갈색 액체가 쌉싸래한 향을 뿌리며 찻잔을 채웠다.

휀은 차를 한 모금 마셨다.

"이 도시의 공작과는 어떤 관계인가?"

"예?"

엉겁결에 반응한 리즈는 당황하여 잠시 동안 다음 말을 이어가지 못했다.

"그러니까… 아버님과 공작님의 친분이 두터우셨습니다."

"너와의 관계는?"

"제 눈과 클라라에 대해 모두 알고 계십니다."

"잘됐군."

그는 두 모금 만에 다 비운 찻잔을 마리아에게 내밀었다. 평소에 동료들 앞에서 그토록 콧대를 세웠던 마리아는 언제 그랬냐는 듯 예의를 깍듯이 지켜 그의 찻잔을 채워주었다.

"공작과의 만남을 주선할 수 있겠나?"

"예? 하지만 공작님께서는 사람에 대해 워낙 보수적이고 신중하신 분이라……. 아, 물론 라디언트님께서 의심을 살 만한 분이라는 이야기는 아닙니다! 제가 직접 공작님을 설득해서라도 두 분께서 만나실 수 있도록 하겠습니다!"

"그렇다면 내일까지 기한을 주지."

그는 찻잔을 놓고 코트를 들었다.

"난 스트라케님의 일을 처리하고 올 테니 모레 아침까지 내가 돌아오지 않으면 이것을 사용하도록."

휀이 코트 안에서 꺼낸 것은 손바닥 안에 들어갈 만큼 작은 금속덩어리였다. 리즈는 그것이 리오나 휀이 사용하는 교신기와 비슷하게 생겼음을 어렵지 않게 알 수 있었다.

"엄지로 그 장치의 중앙을 누르면 끝이다. 눌러보겠나?"

"아, 예."

리즈는 휀이 내민 장치의 넓은 표면을 엄지의 지문으로 눌렀다.

찌릿한 느낌이 엄지를 통해 전신으로 퍼졌다. 힘을 사용하지 않았는데도 왼쪽에 있는 오딘의 눈이 조금 아팠다.

리즈는 버텼다. 이런 사소한 통증까지 참아내지 못한다면 한없이 쓸모없는 존재가 될 것 같았기 때문이다.

그로 인해 클라라는 그 작은 장치가 리즈의 몸에 어떤 일을 끼쳤는지 전혀 눈치채지 못했다.

장치의 표면에 빛이 흘렀다.

―누구지?

장치에서 목소리가 났다. 잡음이 좀 끼어 있긴 했지만 분명 리오의 목소리였다.

휀은 그 장치를 보며 말했다.

"나다. 상황을 보고하도록."

—상황? 대단히 바쁘지.

퉁명스러웠다.

—비상용 교신기로 연락을 한 이유나 말하시지?

"테스트다."

—하, 어이가 없군.

장치의 빛이 사라졌다.

휀은 장치를 리즈에게 건네주었다.

"사용은 이런 식이다. 분실에 주의하도록."

"알겠습니다."

리즈는 장치를 받자마자 품속에 넣었다.

저택을 벗어난 휀은 사람들이 눈치챌 틈도 주지 않고 하늘 높이 솟아올랐다.

그는 파프니르가 있는 방향으로 서서히 이동하며 교신기를 꺼내 화면을 띄웠다. 아까 비상용 교신기가 사용자 등록을 위해 수집한 리즈의 신체 자료가 그곳에 상세히 떠올랐다.

'부적격자, 그리고 숙주라고 했지?'

그는 파프니르를 만나기 전까지 리즈와 오딘의 눈에 대한 추리를 해보기로 했다.

'리오의 보고서에는 리즈 스타인의 왼쪽 눈에 오딘의 눈이 이식된 촉매가 모친의 소망이라고 되어 있었지.'

휀의 이동 속도가 차츰 빨라졌다.

'하지만 아무런 의지도 없는 오딘의 눈이 소망을 들어줄 리는 없어. 만약 눈에 숙주를 찾는 본능이 있고, 그것이 우연히 반응했다 하더라도 말이 안 돼. 리즈 스타인은 당시 여자아이였고 부상 상태였어. 일부러 상성이 나쁜 상대를 노릴 이유가 없지.'

그는 교신기를 통해 리오가 작성한 보고서들을 다시 읽어봤다.

'여전히 대충 쓰는군.'

그는 아예 눈을 감고 생각을 다시 정리했다.

'오딘의 눈을 가지고 잠적한 당사자인 미미르가 공식적으로 리즈 스타인을 부적격자라고 판정한 만큼 리즈는 의외의 희생자일 가능성이 있어. 하지만 그 이전에 모두가 간과하고 있던 문제가 있지.'

그가 다시 눈을 떴다. 흰 구름 밑으로 녹색 대지와 흰색 산맥이 지나가고 있었다.

'누가 처음 지하를 개방한 거지?'

저택 지하를 처음 방문했을 때부터 휀이 의문을 품고 있던 문제였다.

'룬 문자를 우연히 해석해 낸다 하더라도 영겁의 세월 동안 보호되고 있던 그곳을 개방하는 것은 인간이 할 수 있는 일이 아니야. 우연이라는 개념이 개입될 여지도 없어.'

그가 다시 교신기를 봤다.

'밖에서 열었거나, 안에서 열었거나. 두 가지 중 하나군.'

그 외에도 확인해야 할 것들이 한두 가지가 아니었다.

파프니르 역시 그중 하나였다. 레플리카를 제작한 장본인인 미미르가 직접 개조한 드래곤이라 한다면 쉽게 잡을 거란 생각은 버려야 했다.

20여 분 정도 지나 파프니르가 있는 산맥 위에 도달한 훼은 주변에 존재하는 마을들의 위치를 재확인했다.

마을들은 목표 지점으로부터 상당히 떨어져 있었으나 훼은 안심할 수 없었다. 파프니르의 능력이 어느 정도인지 전혀 모르기 때문이었다.

그가 땅으로, 파프니르가 잠들어 있는 곳으로 내려갔다.

아무리 내려가도 파프니르의 모습은 보이지 않았다. 바람의 흔적이 뚜렷한 기암괴석들만이 존재했다.

'아스가르드 방식의 은폐 마법.'

굳게 쥔 그의 오른손에 빛의 문장이 떠올랐다.

옛 신계에서 사용된 마법은 어느 수준 이상일 경우 현재의 마법이 듣지 않기 때문에 지금처럼 특별한 수단을 사용해야 한다.

그 수단이 바로 신을 탄핵하는 권한이었다.

문장의 힘을 머금은 빛줄기가 휀의 손을 출발하여 사나운 기세로 땅에 내리꽂혔다.

파프니르에게 가는 길을 보호하던 은폐 마법이 강제로 해체되었다. 마법이 보호하고 있던 마름모꼴의 틈새가 하늘을 향해 드러났다.

휀은 직접 내려가서 파프니르를 살필 것인지, 아니면 현재 위치에서 바로 기습을 할 것인지 고민했다.

하지만 상대가 그의 고민을 덜어주었다.

틈새로부터 검은색의 빛줄기가 무수히 튀어나왔다. 휀이 옆으로 움직여 피하자 빛줄기들은 신경질적으로 꺾여 그를 쫓았다.

'빛? 아니, 입자(粒子)로군.'

그가 손에서 빛줄기를 뿜어 자신을 노리는 것들을 소멸시켰다. 뒤이어 반대편 손을 파프니르가 있는 구멍에 맞추고 방금 전에 쏜 것보다 조금 더 강한 빛을 쏘았다.

그의 손에서 빛이 떠날 때마다 대포의 폭음을 연상시키는 소리가 하늘을 뒤흔들었다. 위력은 그 음량을 아득히 벗어날 정도로 강력했다.

휀을 아는 자들은 그를 '광황', 즉 빛의 황제라는 별명으로 부른다.

마리아는 그 별명을 부친에게 들어 알고 있었다. 그런데도 동료들에게 말해주지 않은 이유는 괜한 소유욕이었다.

그녀의 가문은 흡혈귀 일족 가운데에서도 제법 고위급이었고 그녀의 부모는, 특히 부친은 영웅으로 명성이 높았다.

부친이 해준 수많은 이야기들 가운데 그녀의 마음속에 가장 깊게 남은 것은 바로 '하얀 코트를 입은 빛의 황제'에 대한 전설이었다.

과거, 여덟 명의 고위 악마가 경계선을 뚫고 마족들의 최고 중심 도시를 공격한 일이 있었다.

당시 마리아의 부친은 다른 영웅들과 함께 최전방에서 필사적으로 싸웠다. 그러나 악마와 마족은 개미와 코끼리만큼 격이 다른 존재이기 때문에 학살이나 다름없는 상황이 매일같이 이어졌다. 악마들 역시 당장 도시에 쳐들어가지 않고 살육을 즐겼다.

문제가 된 고위 악마들의 힘을 전부 합쳐도 케롤 한 명보다 못하다는 사실을 봤을 때 마리아가 케롤에게 꼼짝 못하는 것은 아주 당연한 일이었다.

악마들이 부하들까지 부르며 본격적으로 침공하려는 찰나, 단 한 순간에 모든 살육이 끝났다.

단지 한 사람이 나타난 것뿐이었다.

일곱 번의 포성, 한 번의 검 놀림. 그것으로 마족들을 그토록 괴롭혔던 악마 여덟 명이 모두 사망했다. 그들이 불렀던 부하들은 지옥에서 뛰쳐나온 보람도 없이 검의 형태를 한 빛의 소나기를 맞고 소멸됐다.

그 하얀 코트의 남자는 마지막으로 한 명의 마족을 처형했다.

처형된 자는 마족들의 최고 지휘자, 즉 마왕의 형이었다. 그가 바로 악마들에게 경계선을 열어준 장본인이었는데, 이유는 단순히 권좌에 대한 욕심이었다.

그 마족을 처형할 때 역시 포성이 들렸다.

마족들은, 그리고 그 빛을 한 번이라도 본 자들은 휀이 사용하는 그 극악무도한 빛을 '광황포' 라 부르며 두려워했다.

광황포에 직격당한 파프니르의 동굴이 폭발과 함께 붕괴되었다. 충격파가 폭발 지점을 중심으로 고리모양을 그리며 퍼졌다. 치솟아오른 흙과 바위 파편의 높이가 주변에 있는 산보다 높았다.

휀은 교신기를 꺼냈다.

'기록을 남겨야겠지.'

교신기가 산산이 분해되는가 싶더니 다시 뭉쳐 눈알처럼 동그란 모양의 또 다른 기계로 변했다. 상공으로 떠오른 그 기계는 깊은 파란색의 렌즈로 그 일대의 모든 광경을 상세하게 촬영했다.

흙먼지를 뚫고 검은색의 드래곤이 솟아올랐다.

파프니르였다.

휀이 짐작한 대로 파프니르의 크기는 드래곤이라 하기에 매우 작았다. 꼬리까지 합해서 말 네 마리를 합한 것에 못 미쳤다.

그 대신 능력은 휀의 예측을 완전히 초월했다.

"목표를 배제 대상 일순위로 지정."

성별과 종족이 불분명한 목소리가 파프니르의 성대에서 흘러나왔다. 휀은 그 기계적인 목소리에 주목했다.

파프니르의 꼬리 쪽에 붙어 있던 네 장의 비늘이 몸에서 이탈했다.

그것은 탈피가 아니었다. 그 비늘 하나하나가 공격 무기였다.

네 장의 비늘이 벌떼처럼 전후좌우, 사방팔방으로 움직이며 휀에게 접근했다.

비늘들 전부가 칼날처럼 날카로웠다. 실제 능력은 인간이 만든 날붙이들을 한참 초월했다.

'정신 능력으로 조종하는 무기로군.'

휀은 플렉시온을 뽑아 대응했다.

그가 나무에서 자유로이 낙하하는 꽃처럼 어지러이 움직였다. 찌르고 베기를 희망하는 비늘들을 모조리 쳐낸 휀은 왼손으로 광황포를 사용했다.

그의 황색 빛줄기와 파프니르의 검은색 빛줄기가 맞부딪치면서 서로와 관계없는 방향으로 꺾였다.

파프니르의 등판에 달린 비늘들이 바짝 일어났다.

비늘 밑에 숨겨져 있던 보석처럼 둥글고 투명한 기관들이 휀을 향해 뚜렷하게 드러났다.

그 기관들로부터 검은색의 빛줄기들이 튀어나와 굶주린 뱀 떼처럼 휀에게 몰려갔다. 처음에 휀을 공격했던 바로 그 빛들이었다.

'입자 분출기라고 해야겠지.'

휀이 생각했다.

파프니르는 일반적인 드래곤들이 흉내 낼 수 없는 속도와 기동력으로 빛들을 뿌렸다. 간간이 입을 통해 결정적인 숨결 공격을 터뜨리는 것도 잊지 않았다.

그 와중에도 파프니르의 비늘들은 끈질기게 휀을 따라다니며 괴롭혔다.

휀이 비늘들을 자르거나 파괴하면 그만한 숫자의 비늘이 검은색 드래곤의 몸에서 다시 돋아나 빈자리를 채웠다.

그 모든 것들과 싸우는 휀의 모습은 단 한 명이 잘 훈련된 군대를 상대로 싸우는 것과 비슷했다.

'드래곤이 아니라 병기로군.'

휀은 고속으로 대응하면서도 파프니르의 능력을 분석했다.

'이 정도의 힘을 여태껏 소모하기 위해서는 고기 몇 덩어리 정도로는 부족하지. 레플리카와 마찬가지로 신공(神工)적인 동력원을 사용하는 것인가?'

파프니르의 비늘이 갑자기 주인에게 돌아갔다.

비늘들은 입을 쩍 벌린 파프니르의 코앞에 멈추고는 서로의 꼬리를 쫓으며 맹렬하게 회전했다. 회전 속도가 빨라지면서 비늘들이 빨갛게 달아올랐다.

파프니르가 토해낸 검은색 빛이 비늘들 사이를 통과했다.

그 빛줄기는 지금까지 파프니르가 썼던 것보다 몇 배 더 크고 빠르며 또한 공격적이었다.

증폭된 숨결이 휀을 완전히 덮쳤다.

초원의 상공을 가로질러 반대편 산맥에 적중한 숨결은 자연이 몇만 년에 걸쳐 만들어낸 그 절경을 일순간에 관통했다.

숨결의 궤적 바로 밑에 있던 초원도 쇠붙이가 긁고 지나간 것처럼 엉망이 됐다.

파프니르가 뒤를 돌아봤다.

휀은 일찌감치 그 검은색 드래곤의 뒤편으로 돌아가 뭔가를 준비하고 있었다.

'스트라케님이 담겨 있던 레플리카의 능력을 따졌을 때 파프니르가 이만한 힘을 가지는 것도 이상하진 않겠지.'

파프니르가 비늘들을 열고 검은색 빛줄기를 난사했다.

공작새가 꽁지깃을 펴듯 훤의 등 뒤에서 아킬레우스와 싸울 때 나타났던 빛의 고리가 떠올랐다.

빛의 신들의 인장이 잔뜩 박힌 그 고리로부터 금가루처럼 반짝거리는 빛의 입자들이 폭우와 같은 기세로 쏟아졌다.

파프니르의 공격이 그 입자들의 무리에 밀려 훤과 전혀 관계없는 방향으로 튕겨 나갔다. 뒤이어 터진 강력한 숨결 공격도 입자들의 압력에 흩어져 무력화됐다.

'더 이상의 능력은 없는 것 같군.'

파프니르를 상대할 가치가 없다고 판단한 그는 자신의 앞쪽에도 빛의 문장을 만들었다.

약속시간을 기다리는 사람처럼 플렉시온을 만지며 시간을 보내는 그에게 파프니르의 비늘이 날아갔다.

그는 광황포 네 발을 자신이 만든 빛의 문장을 향해 쐈다. 그 무자비한 빛줄기는 문장 속으로 흔적없이 빨려 들어갔다.

비늘들 위쪽에 작은 빛의 문장이 떠올랐다. 그 문장으로부터 아까 훤이 쏜 광황포의 빛줄기가 각각 쏟아져 나왔다.

상대를 따라다니는 문장, 즉 공간의 문을 만들어 자신의 공격을 피할 수 없도록 하게끔 만드는 휀의 기술이었다.

비늘 네 개를 격추시킨 휀은 플렉시온을 제대로 잡았다.

"해체해 주지."

그리고는 앞쪽에서 빛나는 빛의 문장 속으로 천천히 걸어 들어갔다.

파프니르 주변에 수십 개의 문장들이 나타났다.

문장들 중 하나에서 플렉시온을 내민 휀이 나타났다. 가공할 만한 양의 입자들이 그의 이동을 따라 어지럽게 흐트러졌다.

플렉시온에 옆을 찔린 파프니르는 조금 꿈틀거릴 뿐, 치명적인 피해를 입진 않았다. 파프니르는 그만큼 단단했다.

'괜찮은 방어 능력이군.'

휀은 플렉시온을 타고 자신의 손으로 흘러들어 오는 힘을 통해 파프니르의 방어 능력을 산출했다.

파프니르의 꼬리가 길게 늘어나 휀을 찔렀다. 하지만 그는 미리 다른 문장으로 이동하여 모습을 감췄다.

파프니르의 꼬리는 문장도 공격했지만, 빛만 조금 흩날릴 뿐 문장은 하늘 위의 태양처럼 건재했다.

신에 의해 무기로서 개조된 드래곤의 눈이 문장들을 바삐 살폈다.

파프니르의 움직임이 잦아들었다.

훼이 비행이 아니라 공간이동을 사용해 공격을 해오는 만큼 파프니르의 입장에선 감각을 예민하게 다듬어 훼의 출현을 파악할 필요가 있었다.

그러나 파프니르는 그 이상을 파악해야만 했다.

꿈쩍도 안 할 줄 알았던 문장들이 파프니르를 중심으로 불규칙하게, 그것도 파프니르의 눈이 따라가기 힘들 정도의 속도로 움직이기 시작했다.

훼이 할 일은 단 하나, 마음에 드는 문장에서 빠져나와 파프니르를 공격하는 것뿐이었다.

그가 문장과 문장 사이를 오가는 속도도 상당했다.

그가 이동하면서 남긴 빛들이 쌓이고 쌓여 그 일대가 더욱 밝아졌다.

한참 밭에서, 산에서 일을 하던 사람들은 하늘에 뜬 그 두 번째의 태양을 넋 놓고 바라봤다.

계속되는 공격으로 인해 세상에 존재하는 그 어떤 금속보다도 단단할 것 같던 파프니르의 몸이 뭉개지고 깨져 엉망이 됐다.

손상 수준은 파프니르가 싸움을 포기하고 회복에 전념할 정도로 심각했다.

파프니르로부터 조금 벗어난 지점에서 다시 나타난 훼은 왼손을 뻗고 주먹을 쥐었다.

아까부터 파프니르 주변에 쌓였던 빛의 입자들이 그의 조작에 따라 움직여 목과 다리, 날개, 몸체 등을 단단히 감쌌다.

"안에 있는 것을 쏟아내 봐라."

중얼거린 휀은 왼팔을 뒤로 당겼다. 파프니르의 몸이 여덟 방향으로 끌려 나갔다.

이윽고, 강렬한 폭음과 충격파가 주변의 산맥과 숲을 훑었다.

찢겨진 파프니르의 몸은 재로 변해 사라졌다. 그 드래곤이 있던 자리를 대신하는 것은 신화 속의 거인처럼 거대한 광황의 문장이었다.

문장마저 사라진 뒤, 휀은 그 한가운데에 둥실 떠 있는 작은 장치에 가까이 갔다. 쇠로 된 공처럼 생긴 그 장치는 규칙적인 균열들 틈으로 주황색의 빛을 흘리고 있었다.

'오비탈 드라이브 속에서도 견디다니, 훌륭하군.'

그가 장치를 손으로 쥐었다. 그러자 장치의 균열들이 열리고 접히면서 안에 있던 빛이 해방되었다.

'스트라케님의 느낌?'

그는 밑으로 떨어지려는 장치의 껍질을 손으로 받았다.

휀의 표정은 영 좋지 않았다. 장치가 열리면서 스트라케의 느낌 말고도 또 다른 느낌이 퍼지는 것을 감지했기 때문이다.

'확인부터 해봐야겠군.'

상공에서 현재까지의 상황을 기록한 교신기가 원래 모습으로 변해 그에게 돌아왔다.

휀은 리즈에게 준 비상용 교신기와 연결을 시도했다.

얼마 지나지 않아 리즈의 목소리가 교신기에서 들렸다.

—라, 라디언트님? 리오님? 어느 분이시죠?

"나다."

—아아, 라디언트님! 스트라케님이……!

리즈의 목소리 끝이 젖어들었다.

"침착하라, 리즈 스타인. 어떤 상황인지 보고해라."

교신기 안에서 갑자기 굉장한 소음이 들렸다.

—그대가 그 유명한 휀 라디언트인가?

낯선 사내의 목소리를 들은 휀은 플렉시온을 거두고 리즈가 있는 도시로 이동했다. 속도는 이곳으로 올 때보다 훨씬 빨랐다.

"신분을 밝혀라."

—와서 들어라. 네 친구들의 목숨이 아까우면 속도를 내는 게 좋아.

"네오 올림포스의 졸개인가?"

—호오, 어찌 알았지?

"천박함이 그 증거다."

휀은 즉각 교신기의 연결을 끊었다.

'느낌이 대단히 안 좋군.'

그는 조금 더 속도를 올렸다.

CHAPTER 21
이어지는 심부름

GodsKnight R

리오가 지금 일을 하고 있는 세계에는 수인(獸人), 즉 짐승과 인간의 중간 형상을 한 지적 생명체가 존재한다.

수인은 소수이며 인적이 뜸한 곳에서 부족 단위로 살아가는데, 니블헤임이 나타난 이후 전 세계 수인의 절반 이상이 그곳으로 모여들었다.

이유는 로키의 정책이었다. 어느 종족이든 니블헤임과 자신을 재미있게 만들어줄 수 있다면 상관하지 않고 필요에 따라 안전도 보장하겠다는, 어찌 보면 파격적인 수용 조건 때문에 그렇게 되었다.

조건만 보자면 천국이었다. 니블헤임이 나타나기 전까지 수인들은 상대적으로 문명이 발달한 인간들과 엘프, 드워프들의 차별과 횡포로 살 곳을 잃어가고 있었다.

하지만 니블헤임으로 들어간 수인의 3분의 1 이상은 니블헤임의 슬럼에서 구걸을 하고 있다. 이유는 '로키를 재미있게 만들어주지 못했기 때문' 이다.

아무튼 모든 수인들이 니블헤임 내부에서 살아가는 것은 아니었다. 도시를 벗어나 니블헤임 인근에서 부족 단위로 생활하는 자들도 있었다.

비록 추위와 싸워야 했지만 로키가 요구하는 세금은 니블헤임 내부와 비교하자면 아무것도 아니었다. 또한 좀 소극적이긴 해도 니블헤임으로부터 군대에 대한 지원을 받을 수도 있었다.

흑곰 부족은 도시 외부에서 살아가는 수인 부족 중에 하나였다.

원래 흑곰 부족은 사냥으로 얻은 고기를 니블헤임에 팔고 그 돈으로 땔감을 사서 생활을 이어나갔는데, 최근 형태가 불분명한 괴물들이 주위에 출몰하기 시작하면서 니블헤임으로 가는 길이 완전히 막히고 말았다.

흑곰 부족은 니블헤임을 둘러싼 장벽, 즉 거대한 회오리바람이 사라지기를 기다렸다.

하지만 닷새가 지나도록 회오리바람은 사라지지 않았다. 회오리바람 근처에서 니블헤임의 군대가 움직이는 모습은 보였지만 그들이 흑곰 부족을 도와주는 일은 없었다.

지쳐 버린 흑곰 부족은 이윽고 스스로 겨울을 나기 위해 일어났다.

목표는 땔감이었다. 석탄이든 나무든 상관없었다.

정책이 결정된 이후 흑곰 부족의 전원은 각자에게 할당된 목표를 달성하기 위해 하루하루를 바삐 보냈다.

그런 그들에게 갑자기 비극이 닥쳤다. 갑옷을 입은 인간형의 괴물들이 습격해 온 것이다.

신기하게도 죽은 사람은 없었지만 무력하게 당하기만 한 흑곰 부족은 이후 며칠 동안 땔감을 구하지 못해 맨몸으로 추위와 싸웠다. 얼마 남지 않은 땔감은 오로지 음식을 만들 때만 사용했다.

결국 가족이 추위에 떠는 것을 보다 못한 남자들이 위험을 무릅쓰고 땔감들을 구하러 간 그날, 은발의 여성을 필두로 한 사람들이 부족의 마을로 찾아왔다.

리오 일행이었다.

로키가 내린 첫 심부름을 이행하기 위해 흑곰 마을을 찾은 그들은 즉시 진상 조사에 착수했다.

리오는 로키가 내건 조건에 따라 한발 물러나 있었다. 머리를 쓰는 일만큼은 그의 도움을 받지 말아야 한다는 것이 로키가 정한 첫 번째 규칙이었다.

하이엘바인은 루이체, 쑤밍과 함께 수인들의 이야기를 들었다.

"그들이 갑옷을 입고 있었단 말이오?"

하이엘바인이 물었다.

"갑옷이라기보다는 갑옷 같은 껍질이라고 해야겠지요."

너무 늙어 볼살이 턱 밑으로 축 처진 수인이 한숨을 쉬었다.

"우리 부족에서 힘깨나 쓴다는 청년들이 온갖 무기로 도전해 봤지만 소용없었답니다. 갑옷과 갑옷 사이를 찌르니 피가 나긴 하더군요. 그런데 피 색도 검은색이라서 그놈들이 혹시 니블헤임을 습격했다던 그 괴물들이 아닌가 싶기도 했지요."

하지만 렘런트라고 하기에는 조금 이상했다.

수인들은 그들을 갑옷 입은 인간처럼 생겼다고 묘사했다.

여태껏 인간형이면서 갑옷을 입은 렘런트는 존재하지 않았다. 어딘가에 있었다 하더라도 수인들이 진술한 것처럼 마치 군대처럼 완전히 통일된 모습을 갖추고 나타난 적은 없었다.

이상한 것은 그뿐만이 아니었다.

"여쭙긴 죄송하지만 그 괴물들로부터 어떻게 살아나셨습

니까?"

그녀가 질문한 이유는 사망한 수인이 한 명도 없었기 때문
이다.

"사실 그것이 기억나지 않아요."

"예?"

하이엘바인이 고개를 옆으로 기울이며 놀라워했다. 그 늙
은 수인뿐만 아니라 젊은 수인들도 난감한 표정이었다.

리오는 일행으로부터 조금 떨어진 빈 탁자에 앉아 오른팔
로 턱을 괴고 있었다.

일단은 방관자 같았으나 그의 모든 신경은 수인들의 목소
리와 그들의 몸짓, 눈짓을 철저하게 살피고 있었다.

'조금 겁에 질린 것뿐이군. 렘런트에 침식당한 흔적이 없
어. 그럼 뭐지?'

그는 니블헤임을 나올 때 샀던 오렌지색 젤리를 주머니에
서 꺼내 껍질을 벗겼다.

잘린 각목처럼 두툼하고 큰 그 젤리는 원래 루이체가 산 것
이지만 맛이 없다는 이유로 리오에게 전부 떠넘겨서 현재는
그가 전부 '먹어서' 처리를 하고 있었다.

성격 같아서는 루이체 몰래 버렸겠지만 실패하고 말았다.
자고로 큰일을 할 사내가 먹는 것을 함부로 해서는 안 된다는
하이엘바인의 참견 때문이었다.

그의 옆에서 진홍의 회오리바람이 일어났다.

"웃흥!"

케롤이었다.

그 특유의 웃음소리가 수인들을 비롯한 모든 이들의 시선을 한곳에 모았다.

왠지 낯이 부끄러워진 리오는 고개를 돌리고 헛기침을 했다.

"흠. 조사해 봤나?"

"물론이죠. 다른 분도 아니고 리오님의 부탁인데 철저히 해야 하지 않겠어요?"

"아주 고맙군."

말은 그랬지만 리오의 표정은 영 아니었다.

"그래서, 결과는?"

"일이 벌어졌다는 곳을 전부 돌아봤지만 누군가가 죽은 흔적은 없었어요. 렘런트들의 흔적은 조금 남아 있더군요."

"흔적이라면?"

"이거죠."

케롤은 얼음 결정을 꺼냈다. 그 투명한 결정 안에는 밝은 회색의 껍질 조각이 들어 있었다.

"본체와 완전히 분리되어 많이 손상됐지만 구조 자체는 여태까지 밝혀진 렘런트의 그것과 거의 일치해요."

"제법 훌륭한 걸 가져왔군."

"웃홍, 저 잘했죠?"

케롤이 그에게 윙크를 보냈다. 그 모습이 과도하게 상큼했던 탓에 구경하던 수인들과 리오 일행 모두 엄청난 거부감을 느꼈다.

"그래, 상을 주지."

리오는 억지로 웃으며 오렌지색 젤리 한 덩어리를 더 꺼내 케롤에게 내밀었다.

"오오, 소중하게 간직하겠어요!"

케롤이 감격하여 젤리를 품에 안았다.

"그냥 빨리 먹는 게 낫지 않겠어?"

"아니에요, 리오님! 이건 제가 리오님께 처음 받는 상품이라고요! 오랫동안 간직할 거예요!"

리오는 다른 곳으로 눈을 돌렸다.

'뭐, 상한 것을 먹어도 배탈은 안 나겠지. 악마니까.'

그는 케롤이 가져온 얼음 결정을 들어 그 안에 든 껍질 조각을 지그시 살펴봤다.

'또 진화를 한 건가? 아니면……'

그때였다.

회색 털이 보슬보슬하게 난 어린 수인이 마을로 허겁지겁 뛰어들어 왔다.

"도와주세요! 탄광이, 아빠가……!"

몇 마디 내뱉은 어린 수인 소녀는 마을 문턱을 넘자마자 발자국이 시커멓게 난 길 한복판에 넘어졌다.

하이엘바인을 필두로 마을 사람들 모두가 그 아이에게 몰려갔다.

"루라!"

상당히 젊어 보이는 흑곰 부족 청년이 소녀의 이름을 부르며 안아 들었다. 소녀를 흔드는 청년의 팔뚝 아래로 핏물이 고이다가 이윽고 떨어졌다.

"흔들지 마시오!"

청년에게서 소녀를 빼앗은 하이엘바인은 오른손을 소녀의 어깨에 댔다.

몸을 관통하는 강렬한 힘의 발산과 함께 하이엘바인의 눈이 황금색으로 바뀌자 수인들은 입을 꾹 다물었다.

"조금만 참아라, 애야."

고통스러워하던 수인 소녀가 눈을 반짝 떴다. 소녀의 어깨와 등판을 얇게 가로지르던 상처가 순식간에 아물고 통증도 사라졌다.

"이제 괜찮을 것이다."

하이엘바인이 웃었다.

어리둥절한 눈으로 하이엘바인을 바라보던 소녀는 도망치

듯 그녀의 품에서 벗어나 동족에게 달려갔다.

"탄광이 습격당했어요! 놈들이 이번에는 무기를 휘두르고 있다고요! 제발 아빠랑 아저씨들을 도와주세요!"

*   *   *

그들은 상대를 조금씩 상처 입히고 있었다.

들고 있는 무기는 전부 크고 투박했으나 흑곰 부족의 사내들이 입는 상처는 깊지 않았다. 출혈만 겨우 일어날 수준이었다.

처음에 수인들은 분노하여 대항했다.

진짜 곰에 육박하는 덩치와 외형을 가진 그들이 투지를 보이면 인간뿐만 아니라 제법 사나운 야생동물들도 꼬리를 내린다. 하지만 그들의 강력한 완력은 상대에게 전혀 통하지 않았다.

공격이 통하지 않는 상황에서 상처만 계속 입는 것은 싸움이 아니라 일방적인 고문이었다.

세 마리의 괴물이 동굴이나 다름없는 탄광의 입구를 단단히 가로막았다. 찬바람이 중장갑옷처럼 생긴 그들의 몸을 지나 동굴 안쪽을 더욱 차갑게 냉각시켰다.

수인들은 고문에 지친 나머지 서로의 피 냄새를 맡으며 괴로위했다.

그 와중에 한 명의 수인이 다시금 힘을 내어 일어났다.

"목적이 뭐냐! 우리를 괴롭히는 목적이 뭐냔 말이다!"

수인이 외치자 괴물들, 아니, 렘런트 중 하나가 면갑을 연상시키는 머리의 껍질을 잡고 위로 들어 올렸다.

"너희는 미끼다."

얼굴 전체에 불규칙하게 배열된 눈동자들이 어지럽게 움직였다. 입 대신에 붙어 있는 것은 턱 부근의 작은 구멍이었다. 그 구멍에는 톱니 같은 이빨들이 사각사각 소리를 냈다.

"너무 적나라한 대답이었나?"

그 흉측한 모습을 본 수인은 경악하여 다시 주저앉았다.

'진짜 괴물이었군!'

머리 껍질을 덮은 렘런트가 옆으로 비켜섰다.

양쪽 팔뚝에 쇠사슬을 감은 렘런트가 망토처럼 아래로 축 늘어진 녹색 날개를 흔들며 동료들의 사이를 거칠게 비집고 들어왔다. 껍질의 형태나 몸의 움직임이 일반 렘런트들과는 달랐다.

수인들은 그가 지휘관일지도 모른다고 생각했다.

"피곤하군. 결국 이놈들도 죽여야 하나?"

녹색 날개의 렘런트가 으르렁거렸다.

"죽여서 효과가 없기에 괴롭히려고 했더니 변한 게 없군."

"좀 더 뚜렷한 죽음이 효과적일 거라 생각한다."

껍질을 벗었던 렘런트가 녹색 날개에게 말했다.

"이 생물들의 몸을 훼손시키자는 것인가?"

"훼손시켜서 잘 보이는 장소에 전시하는 것이 가장 큰 효과를 발휘한다. 지금까지 축적한 생물들의 지혜가 그렇게 가리키고 있다."

"난 결과가 다르지 않을 것이라고 본다."

가장 우측의 렘런트가 말했다.

"부정적이군, 동포여."

"사실을 말한 것이다. 우리는 일곱 개의 마을을 공격하고 수백 마리의 수인을 죽였다. 그 결과 살해 대신 폭력을 사용하기로 했지만 변한 것은 없다. 아무래도 니블헤임의 주인은 이들의 가치를 매우 낮게 평가하는 것 같다."

"일리가 있군."

공포에 질려 있던 수인들이 웅성거렸다. 다른 마을의 소식이 뜸한 것이 단지 추위 탓이라고 생각했던 긍정적인 마음가짐이 깨지려 하는 찰나였다.

아까 잠시 일어났다가 주저앉은 수인이 다시 일어났다.

"다른 부족들을 죽였단 말인가? 너희가?"

동료 쪽으로 고개를 돌리고 있던 녹색 날개의 렘런트가 그 수인을 봤다.

"섭취했다는 쪽이 옳지."

"뭐라고……?"

수인의 목소리에서 기운이 빠졌다.

"우리도 움직이려면 먹어야 하잖아?"

녹색 날개가 수인들을 살펴봤다.

"그러고 보니 계집애 한 명이 안 보이는군. 누군가가 약속을 어기고 섭취했나?"

"이, 이 녀석들이!"

수인이 분노하여 눈을 뒤집고 녹색 날개를 향해 뛰어들었다.

녹색 날개의 렘런트가 기다렸다는 듯 역공을 했다. 수인의 두꺼운 옆구리에 렘런트의 무릎이 파고들었다.

"크억!"

수인의 몸이 뒤로 나가떨어졌다.

렘런트가 양팔에 감은 사슬을 수인에게 뻗었다. 온몸을 감은 사슬이 렘런트로부터 전해진 이상한 힘에 반응하여 수인을 들어 올렸다.

"그렇다면 나도 섭취해야겠지."

렘런트의 머리 껍질이 위로 들렸다. 완전히 드러난 렘런트의 흉측한 얼굴이 거품처럼 부글부글 끓어올랐다. 거품 하나하나에 박혀 있는 눈동자들이 끝없는 식욕으로 빛났다.

"멈춰라!"

동굴 밖에서 여성의 목소리가 터졌다. 동시에 렘런트에게 잡힌 수인의 몸이 들썩거렸다.

머리 껍질을 닫고 수인을 던진 렘런트가 동굴 밖으로 몸을 돌렸다. 녹색 날개가 그 방향을 따라 흔들렸다.

"뜻밖이군."

기쁨이 섞인 목소리를 낸 렘런트는 두 팔을 털듯 움직였다. 바닥에 흘러내린 사슬들이 다시 팔에 감겼다.

"여기서 만나게 될 줄은 몰랐다, 신의 하수인."

"다른 대륙에서 활동하는 동포들이 전부 바보얼간이가 되는 순간이로군."

수인들의 시선 저편에 은색 머리의 인간 여성이 보였다.

일단 갑옷을 걸친 것으로 봐서 싸울 수 있는 능력을 지닌 것만은 분명해 보였지만 수인들은 그녀가 영 못 미더웠다.

자신들처럼 덩치가 큰 종족도 이겨내지 못한 괴물을 저렇게 가녀린 여성이 대체 어쩌겠다는 것인지 이해할 수 없어서였다.

뒤따라 나타난 금발의 여성과 검은 머리의 여성도 그다지 마음에 들지 않았다. 설원에서 뚜렷하게 보이는 붉은색 턱시도의 사내도 왠지 부정적이었다.

그런데 그들의 가장 뒤쪽에서 붉은 장발이 깃발처럼 나부

끼는 순간 수인들의 표정이 달라졌다.

기묘한 사내였다.

덩치는 분명 자신들보다 작았지만 존재감은 그렇지 않았다. 여유를 동반한 살기가 동굴 안까지 쩌릿쩌릿 흘러들어 왔다.

"이렇게 순순히 나타나 줘서 고맙군. 이걸로 동포들 사이에서 우리들의 위치가 더욱 확고해지겠어."

"우리들이라고? 뭐 다른 점이 있나?"

"우리들은 다르다."

그 남자, 리오가 묻자 녹색 날개의 렘런트가 듣기 불편한 웃음소리를 냈다.

"싸움을 위한 몸을 가진 존재지!"

"그러시겠지."

리오의 입꼬리가 올라갔다.

"여긴 왜 왔지? 니블헤임에 뭔가 있나?"

"대답할 거라 생각하나?"

녹색 날개가 왼팔을 동굴 밖으로 쭉 뻗었다. 팔뚝에 감겨 있던 사슬이 아름드리나무를 향해 날아갔다.

사슬의 끝엔 뾰족하고 묵직한 추가 달려 있었다. 추가 나무를 관통하자 녹색 날개는 몸을 오른쪽으로 기울였다.

기울어지는 방향으로 나무가 뿌리째 뽑히더니 주인을 본

애완견처럼 렘런트를 향해 날아갔다.

나무가 사정거리 안에 들어오는 순간 녹색 날개는 돌려차기로 나무를 후려 찼다.

"먹어라!"

차는 순간 검은색의 기운이 나무를 휘감았다. 렘런트의 기운을 듬뿍 먹은 나무는 강철처럼 단단했다.

나무가 리오를 향해 날아갔다.

은색 섬광과 함께 나무가 둘로 쪼개져 좌우로 튕겨 나갔다.

"아니?"

나무를 자른 자는 수인들이 못 미더워하던 은발의 그녀, 하이엘바인이었다.

아무 무기도 쥐어지지 않은 그녀의 고운 손에 수인들은 경악했다.

'저런 어처구니없는……!'

수인들은 자신들이 꿈을 꾸고 있는 건지 의심스러웠다. 예쁘장하게만 보였던 그녀가 지금은 딴사람처럼 강인한 힘을 과시하고 있었다.

그때, 리오의 허리춤에서 진동음이 울렸다.

모두가 동작을 멈추고 리오를 봤다. 그는 난감한 얼굴로 교신기를 꺼내 귀에 댔다.

"누구지?"

—나다.

응한 사람의 목소리는 휀이었다.

—상황을 보고하도록.

"상황? 대단히 바쁘지."

그는 퉁명스럽게 대답했다. 그럴 만한 상황임에는 분명했다.

"비상용 교신기로 연락을 한 이유나 말하시지?"

—테스트다.

"하, 어이가 없군."

그는 곧장 교신을 끊었다.

"정신이 나갔나? 왜 안 하던 짓을 갑자기 하지?"

화를 한차례 쏟아낸 그의 눈에 문득 당황하고 있는 하이엘바인의 얼굴이 보였다.

"무슨 일인가?"

"아, 아닙니다. 죄송합니다."

그는 일단 디바이너를 뽑아 들었다.

"이곳은 제가 맡지요. 남쪽을 부탁드립니다."

"알았네."

"케롤은 북쪽, 루이체와 쑤밍은 둘이 함께 서쪽을 맡도록 해. 움직여!"

차례로 지시를 내린 리오는 녹색 날개의 렘런트를 향해 뛰었다. 동시에 하이엘바인을 비롯한 일행 모두가 각자의 구역을 향해 사라졌다.

앞으로 달리던 리오가 도약했다.

그의 몸에 실린 탄력이 착지와 동시에 디바이너로 전해졌다.

"음!"

녹색 날개는 반사적으로 엎드렸다. 리오는 렘런트가 자신의 예상을 벗어날 정도로 훌륭한 순발력을 보이자 다시 뒤로 물러났다.

'휘둘러 봤자 맞출 수 없는 상황이었어. 여태껏 상대한 놈들보다 확실히 세군.'

그를 다른 렘런트들이 한꺼번에 노렸다.

리오는 정면에 보이는 렘런트를 향해 뛰어 그의 머리를 발로 밟듯이 찼다.

일격에 머리가 깨진 렘런트가 뒤로 넘어지는 가운데에도 리오는 발을 떼지 않았다.

렘런트가 쓰러짐과 동시에 리오는 그 충격을 발판 삼아 위로 뛰어올랐다. 뒤이어 바로 밑에 위치한 다른 렘런트를 향해 벼락처럼 떨어졌다.

하나가 그렇게 분해됐다. 리오는 찜찜한 표정이었다. 적의 특성에 대한 분석을 하지 못했기 때문이다.

'파악하기 어려운 놈들이군.'

때마침 구조 신호를 받은 렘런트들이 몰려왔다. 리오는 그들을 보고 피식 웃었다.

'파악할 기회는 많군.'

이윽고 디바이너가 일으키는 보라색의 선풍이 붉은색의 핵을 품고 불어닥쳤다.

렘런트들의 몸이 하나둘씩 고깃덩어리로 변했다.

그들의 몸을 감싼 껍질은 조금 무겁긴 하지만 단단함과 질김, 탄력을 함께 갖추고 있었다. 또한 마법에 대한 저항력도 상당했다.

재생 능력도 훌륭했다. 팔다리 한두 개를 잘라서는 죽이기도 힘들었다.

또한 그들은 스스로의 몸에서 검이나 도끼 형태를 한 무기를 즉시 키운 뒤 수확하여 공격하는 모습도 보여줬다.

'여태까지 얻은 정보를 모조리 사용하고 있군. 특히 녀석들의 껍질은 생물에서 얻어낸 게 아니야. 마음만 먹으면 용족의 피부를 초월하는 것도 만들어낼 수 있을 거야. 정보의 출처가 궁금하군.'

주변의 나무와 흙, 바위의 위치가 전부 바뀌는 난투 끝에 렘런트가 모두 쓰러져 완전히 분해됐다. 리오는 단서를 잡을 틈도 없이 분해되는 적들의 모습을 보고 케롤이 건져 온 껍질

조각을 떠올렸다.

'그게 남아 있으니 다행이긴 하지만, 왜 그건 사라지지 않은 거지?'

그는 자신이 놓친 게 있을지도 모른다고 생각했다.

혼자 덩그러니 남은 녹색 날개의 렘런트는 자신을 바라보는 붉은 장발의 사내와 시선을 마주한 채 양팔의 사슬을 풀었다.

"과연 신의 하수인. 정보만으로 접하던 것과 실제로 접하는 것은 완전히 다르군. 추적할 가치가 있어."

"이봐, 쫓는 입장인 건 나라고."

"후후."

렘런트가 웃었다.

"네놈이 이곳에 있다는 것은 저 니블헤임에 우리가 원하는 것이 있다는 얘기겠지. 아무래도 너는 우리들에게 있어서도 구세주인 것 같군."

렘런트의 사슬이 회전했다.

"하지만 나는 그다지 반갑지 않아. 이건 개인적으로 말하는 건데, 나는 사실 나의 본래 모습이라는 것으로부터 흥미를 잃었거든."

리오가 흠칫했다.

방금 렘런트가 꺼낸 말은 그가 렘런트에 관한 일을 하면서

들은 이야기들 가운데 가장 이질적인 것이었다.

"어째서?"

렘런트는 자신의 몸을 훑어봤다.

"잘 봐. 나는 강해. 네가 상대인 것이 문제일 뿐, 용족과 싸워 이길 자신도 있어! 그런데 막상 밝혀진 나의 본래 모습이 개나 고양이라면 어떨까? 난 싫어."

"용족까지는 모르겠는데, 아무튼 네놈과 같은 생각을 가진 자들이 있나?"

"헤라클레스의 각성 이후 동포들의 정보 공유 체계가 불완전해지고 있긴 해. 다들 마음속에 비밀금고를 하나씩 가진 느낌이랄까?"

"흠."

리오의 눈초리가 변했다.

'자아를 갖기 시작했군.'

그는 다른 것을 묻기로 했다.

"넌 지휘관 급인가?"

"지휘관 급? 아닌데?"

"그렇다면 왜 겉모습이 조금 다르지?"

"단순히 멋이야, 멋."

"그렇군."

리오가 공격을 위해 자세를 잡았다.

"아무래도 네놈을 좀 확보해야 할 것 같군. 얌전히 잡혀준다면 곱게 다뤄주지."

"될 거라고 생각하나!"

맹렬히 회전하던 렘런트의 사슬이 무서운 속도로 공기를 가로질렀다. 사슬 끝에 실린 압력이 강한 탓에 흙이 직접 닿지 않았는데도 거칠게 긁혔다.

첫 번째 공격을 피한 리오는 교묘한 시간차를 두고 날아온 두 번째 사슬과 사슬 끝의 추를 검으로 받아쳤다.

사슬이 하늘로 튀고 리오의 검도 부르르 떨렸다.

사슬을 되돌린 렘런트는 껄껄 웃었다.

"나를 너무 걱정해 주는 것 같군. 좀 더 솔직하게 해봐라, 신의 하수인!"

사슬이 사정없이 날아왔다. 리오는 몸짓으로 사슬들을 피했다.

"나를 제대로 대접해달란 말이다!"

리오가 피한 사슬과 추가 나무 밑동을 때렸다.

바늘 같은 나뭇잎에 곱게 쌓인 눈들이 충격에 떨어졌다.

나무도 완전히 부러졌다. 리오는 넘어지는 나무를 뒤로한 채 녹색 날개에게 달려들었다.

녹색 날개는 사슬을 교묘히 풀어 리오의 검을 안전하게 막아냈다. 뿐만 아니라 사슬로 검을 묶기까지 했다.

리오가 검을 다시 빼려 하자 녹색 날개는 사슬을 더욱 조였다.

"최근 갖고 싶은 것이 하나 생겼지."

"뭔데?"

리오는 참으로 말이 많은 렘런트라며 내심 투덜거렸다.

"이름이다! 렘런트라는 '종류'가 아니라 나 개인의 이름 말이다!"

"이봐, 난 싸우러 온 사람이지 상담원이 아니라고."

그러자 렘런트가 웃음을 터뜨렸다. 허무감이 섞인 자조였다.

"그래, 네놈 입장에선 우습겠지! 그것 또한 고맙군. 나의 존재를 인정하는 것이니까!"

렘런트의 머리 껍질이 벗겨졌다. 그 안에 숨겨져 있던 안구들이 일제히 리오를 봤다.

리오는 잠시 그 눈들을 바라보고 있다가 어느 순간 렘런트를 발로 찼다. 눈에서 광선들이 터지는 찰나를 맞췄기에 광선들은 하늘로 의미없이 올라갔다.

"신의 하수인! 하수인 녀석!"

렘런트가 분노했다.

사슬과 추가 다시금 리오를 노리고 설원을 훑었다.

뒤로 살짝 움직여 추를 피한 리오에게 또 다른 추가 날아왔다. 리오는 검을 눕히듯 하여 추와 사슬을 튕겨냈다.

"곱게 잡혀줄 생각이 없다면 어쩔 수 없지."

그는 즉각 자세를 바꿔 녹색 날개를 향해 달렸다.

"녀석!"

녹색 날개는 즉시 나머지 사슬과 추를 자신에게 되돌렸다. 녹색 날개를 향해 달려가는 리오의 등을 추가 뒤쫓는 형국이었다.

이윽고 질풍과 함께 보라색의 섬광이 녹색 날개를 덮쳤다.

잘린 날개들이 아래로 흐느적거리며 떨어졌다. 선 채로 굳은 렘런트의 가슴 위쪽이 몸에서 이탈하여 눈밭으로 떨어졌다.

"나는……!"

렘런트가 신음했다. 힘을 잃은 사슬과 추가 리오의 양옆에 떨어졌다.

녹색 날개의 시신이 검게 타들어갔다. 냉동 마법으로 그 렘런트의 샘플을 얻으려 했던 리오는 삽시간에 사라지는 적의 모습을 보고 혀를 찼다.

"빌어먹을."

리오는 손바닥으로 앞머리를 푹 눌렀다.

그렇게, 수인들의 구출은 성공했지만 니블헤임으로 돌아가는 일행의 표정은 어두웠다. 케롤만이 평상시와 마찬가지로 나긋나긋 움직일 뿐이었다.

하이엘바인의 귓가에는 수인 소녀의 울음소리가 여전히 남아 있었다.

이번 임무에서 유일하게 구하지 못한 수인이 있었다. 일행이 도착했을 때 녹색 날개의 렘런트에게 붙잡혔던 바로 그 수인이었다.

당시 수인은 가슴 한복판을 뜯기고 말았다. 즉사했기에 하이엘바인도, 루이체도 어찌 손 쓸 방도가 없었다.

그런데 공교롭게도 그 수인은 마을에 위기를 알렸던 수인 소녀의 아버지였다.

하이엘바인과 루이체, 쑤밍은 왜 자신의 아버지만 구하지 못했냐며 울부짖는 소녀의 모습에 목석처럼 굳어져서 아무 말도 하지 못했다.

소녀는 특히 하이엘바인을 탓했다. 반드시 모두를 구해오겠다고 약속했던 장본인이 바로 그녀였기 때문이다.

죽은 자들의 가족은 수없이 만나봤시만 오로지 전쟁터에서 죽은 자의 가족만 상대해 왔을 뿐인 그녀는 처음 겪는 그 상황에 크게 상심했다.

리오는 아무런 개입도 하지 않았다. 루이체와 쑤밍이 나서려는 것을 말리기까지 했다.

흑곰 부족 마을을 떠난 뒤, 리오는 렘런트의 일을 생각하며 하이엘바인을 따라 계속 걸었다.

'녀석이 원래 자아를 가진 렘런트였는지, 아니면 자아를 가지는 렘런트가 증가하는 것인지 잘 모르겠군.'

아까 소멸한 녹색 날개의 렘런트에 대한 생각이었다.

'일에 진척이 없어. 발견한 것도 없지. 그저 놈들이 니블헤임을 노린다는 것과 놈들에게 중요한 변화가 생겼다는 것만 확인했을 뿐이야. 이러다간 정말 끝도 없겠군.'

고민하는 그의 눈에 고개를 위로 드는 하이엘바인의 모습이 보였다.

"하아아."

하얀 김이 그녀의 입에서 뭉게뭉게 피어올랐다.

그것으로 끝이었다. 그녀는 로키를 만나 보고를 하기 직전까지 단 한 마디도 하지 않았다.

왕좌에 앉은 분홍색 머리의 옛 신, 로키는 얄미운 미소를 지은 채 하이엘바인을 바라봤다.

"자, 이제 보고를 해봐. 후후, 네가 해주는 첫 보고라…….여자와 첫 키스를 할 때처럼 두근거리는군."

하이엘바인은 눈을 질끈 감았다.

"흑곰 부족의 수인 한 명이 사망하고 다수가 부상당했소. 목표로 한 렘런트들은 모두 처리했소."

심부름을 해주기로 한 이후 하이엘바인은 로키에게 최소한의 존댓말을 쓰고 있었다.

"음, 좋아."

로키는 포도주를 벌컥 마셨다.

"죽은 수인의 유족은 어찌 됐지? 듣기로는 계집아이가 너를 붙잡고 난리를 쳤다던데?"

하이엘바인의 표정이 굳어졌다. 다른 일행도 놀랐다.

'염탐꾼이 있었단 말인가? 느끼지 못했는데?'

리오는 상당히 불쾌했다. 한편으로는 라그나로크를 일으킬 정도의 능력이라면 이 정도는 당연해야 하지 않느냐 하는 생각도 들었다.

"괜찮아. 너무 마음 쓸 것 없어."

로키가 하이엘바인을 보며 빙긋 웃었다. 루이체는 저 성격 고약한 옛 신이 웬일로 위로를 하는지 궁금했다.

아니나 다를까. 로키의 표정이 갑자기 변했다.

"하하. 계집애를 상대하는 네 모습이 너무 재밌었거든! 하하하하! 오, 세상에! 천하의 하이엘바인이 계집애 하나 때문에 쩔쩔맬 줄 누가 알았겠나? 하하하!"

로키가 이마를 붙잡고 웃었다. 하이엘바인은 무려 몇 분 동안 이어진 그의 웃음소리를 가만히 듣고만 있었다.

"하아."

로키가 가까스로 웃음을 멈추고 한숨을 쉬었다.

"제대로 된 심부름을 주지."

아예 눈을 감고 있던 하이엘바인이 그를 봤다.

"방금 전에 너희의 친구 중 한 명이 좀 멍청한 짓을 저질렀어. 원래는 다른 일을 맡기려고 했지만 일이 갑자기 벌어졌지."

모두 그게 무슨 말이냐는 표정이 됐다.

"그 때문에 지금부터 몇 시간 내로 도시 인근에 있는 어떤 작은 왕국에서 큰일이 날 거야. 그에 맞춰 렘런트들이 그 왕국으로 몰려갈 가능성이 커. 보잘것없는 왕국이지만 녀석들이 바치는 식량과 세금을 무시할 수 없으니 지켜줘야겠지. 이 기회에 세금 비율도 조정하고 말이야."

로키가 키득거렸다.

"가서 모조리 처리하도록 해. 아, 물론 심부름의 요점은 렘런트가 아니야. 렘런트 말고 뭘 처리해야 하는지는 가보면 알게 될 거야. 가는 길은 발터에게 듣도록 해."

말을 끝낸 로키는 자리에서 분홍색 빛을 뿌리며 사라졌다.

리오 일행도 알현실을 나갔다.

밖에서 미리 대기하고 있던 도마뱀 머리의 남자, 발터가 그들을 맞이했다.

"길을 알려 드리겠습니다. 잠시 제 방으로 가시지요."

한편, 공간이동을 통해 자신의 방으로 돌아온 로키는 황금색 털가죽이 덮인 의자에 앉았다.

그의 방은 매우 작았고 화려하지도 않았다. 윤기가 흐르는 검은색의 돌침대와 털가죽 의자 두 개가 있을 뿐이었다. 가구나 거울, 심지어는 창문도 없었다.

그의 맞은편에 있는 의자에 뭔가가 나타났다.

그것은 검은색 눈을 커다랗게 뜬, 휀이 미미르의 공간에서 만났던 레플리카였다.

"하이엘바인은 어디 있나?"

"계획대로 움직이게끔 했습니다. 안심하십시오."

로키가 존댓말로, 그것도 매우 정중하게 대답했다.

"왜 나에게 보고하지 않았지?"

"왜 연락을 안 받으셨습니까?"

둘 사이에 오고 가는 기세가 팽팽했다.

"하이볼크가 눈치챘을 가능성은 얼마나 된다고 보나?"

"저를 처치할 만한 녀석까지 함께 보낸 것을 보면 조금 위험하지 않을까 싶습니다."

"음……."

레플리카의 눈이 흉하게 일그러졌다.

"하이엘바인의 힘이 빠진 지금이야말로 기회일세. 내가 이번에 제법 큰 수를 냈으니 잘 처리해 주게."

"너무 큰 수를 내셨다고 봅니다만?"

"뭐라고?"

"그렇지 않습니까? 이 세계에 숨겨놓은 그 '꼬마'들을 전부 깨우는 것은 좀 위험합니다."

로키는 진지했다.

여태까지 하이엘바인 앞에서, 아니, 그 이전에 아스가르드의 신들 앞에서 보였던 악독한 장난기는 어디에도 보이지 않았다.

"자네가 가장 잘 알 텐데? 하이엘바인은 너무 위험해. 내가 미미르의 흉내까지 내면서 짜낸 계획을 송두리째 날려 버릴 수도 있단 말일세!"

"알고 있습니다."

로키가 앞으로 몸을 당겨 그 레플리카에게 얼굴을 가까이 했다.

"꼬마들이 잘해주기를 기대해 보지요."

＊　　　＊　　　＊

리오 일행은 로키가 내건 조건에 따라 오로지 걸어서 길을 가야만 했다.

그들은 지시를 받은 이후 나흘 넘게 길을 걸었다.

공기는 여전히 차가웠다. 희망적인 것은 친구 삼아 끼고 걷는 강의 얼음이 점점 얇아지고 있다는 사실이었다.

높은 산을 하나 넘은 하이엘바인은 말도 없이 바위에 툭 걸터앉았다. 저 멀리 보이는 녹색 평원과 벽처럼 늘어선 하얀 산맥의 경관이 정말 볼만해서였다.

"경치가 좋군."

분명 경치는 좋았지만 그녀의 얼굴은 거의 회색 빛이었다. 눈빛도 탁했다.

리오는 말없이 안면을 손으로 덮었다. 루이체와 쑤밍은 서로를 보며 안타까워했다.

"리오님."

팔짱을 낀 채 구경하던 케롤이 그를 불렀다.

"왜?"

"하이엘바인님께서 쓸쓸하신 것 같은데, 재롱을 좀 떨어보세요."

리오와 루이체, 쑤밍이 그를 노려봤다.

일단 리오가 하이엘바인의 옆으로 다가갔다.

"괜찮으십니까?"

"괜찮네."

그녀가 힘없이 웃었다.

"그냥 이러다가 말겠지."

그렇게 말한 뒤 다시 경치 쪽으로 시선을 돌렸다.

'정말 크게 상심하셨군.'

리오만 아니라 모두의 생각이었다.

"그 아이의 일 때문이시군요."

리오의 말은 질문이 아니었다. 그것 말고는 없다는 투였다.

로키를 만난 이후 그녀는 상대적으로 투지를 불태웠다. 실제로 흑곰 부족의 일이 있기 전까지의 그녀는 오히려 힘을 잃기 전보다 씩씩했다.

하지만 지금은 멍하니 시간을 보내는 것은 물론 식사도 제대로 하지 못했다.

침묵하던 그녀가 머리카락을 풀어헤쳤다. 그녀는 손끝으로 두피를 마사지하며 답답함을 달랬다.

"변명해서 무엇을 하겠나? 하지만 난 정말 괜찮네. 그냥 익숙한 상황이 아니라서 그럴 뿐이네. 좀 쉬면 나아지겠지."

그녀가 바위에서 벗어났다.

"가세."

리오는 손짓으로 일행을 재촉했다.

그들은 하루를 더 걸어 녹음이 보이는 숲으로 들어갔다.

"길이다."

루이체가 놀랐다.

그녀의 감탄대로 무엇이 튀어나와도 이상하지 않을 만큼 그 깊은 숲 속엔 돌을 가지런히 깔아 만든 길이 나 있었다.

분명 인마(人馬)가 지나가기 쉽게끔 깔아둔 인공적인 도로였다. 하지만 잡초가 아무런 방해도 받지 않고 길게 자란 모습은 그 길이 얼마나 오랫동안 버려졌는지를 뚜렷하게 말해주었다.

길을 걷는 도중 리오는 길가에 나 있는 주황색 과일을 하나 따서 하이엘바인에게 내밀었다.

"하나 드셔보시겠습니까?"

"음……."

그녀는 과일을 입에 문 채 정신없이 앞으로 걸어갔다.

상당히 쓸쓸하면서도 칠칠맞지 못한 모습이었다. 그녀는 아직도 정신머리를 놓고 있었다.

리오가 갑자기 걷던 것을 멈추고 주위를 둘러봤다. 케롤도 뭔가를 느꼈는지 리오의 망토와 머리채를 구경하며 살랑살랑 걷던 자세를 버렸다.

"조용하군."

리오의 목소리가 가라앉았다.

"짐승들의 소리도 안 들리는군요."

케롤도 진지해졌다.

갑자기 후드득하는 소리가 숲 저편에서 들렸다.

"소나기?"

리오가 고개를 갸웃했다. 소나기만으로 이 정도의 침묵이 뒤따르지는 않기 때문이다.

조금 뒤 일행의 몸 위로 대량의 비가 쏟아졌다. 비는 비였지만 물을 쏟아붓는 것에 가까운 폭우였다.

"이거 소나기치고는 센데?"

리오는 입안으로 들어오는 물을 일행이 없는 쪽으로 뱉었다. 말하는 것은 물론 숨쉬기조차 불가능할 정도의 폭우였다.

보호막을 사용하면 비 정도는 문제없이 피할 수 있었다. 하지만 일행 중에서 보호막을 사용하는 사람은 아무도 없었다.

리오와 케롤은 느낌이 좋지 않아서 보호막의 사용을 피했고, 루이체와 쑤밍은 버릇 때문에 사용하지 않았다.

그 버릇은 다름 아닌 리오의 망토였다.

리오는 망토를 벗어서 둘의 머리를 덮어준 뒤 하이엘바인 쪽으로 데려갔다.

"하이엘바인님, 이쪽으로 들어오시지요."

"음?"

그녀가 리오 쪽으로 돌아섰다. 그녀는 여전히 입에 과일을 물고 있었다.

"맛이 없으면 버리세요."

"음음."

리오는 하이엘바인을 반 억지로 망토 속에 넣었다.

"아무래도 비를 좀 피하는 게 나을 것 같은데? 앞이 보이지 않을 정도야."

그는 경례를 하듯 눈썹 위에 손을 댄 채 주위를 둘러봤다.

"근처에 동굴이 있네요."

"그런가?"

케롤을 돌아본 리오의 표정이 이상해졌다. 루이체와 쑤밍의 표정도 마찬가지였다. 그 악마 청년은 어느새 만들어낸 빨간색 우산으로 비를 피하며 교신기를 만지작거리는 중이었다.

리오의 시선을 느낀 케롤이 그를 봤다.

"시선이 너무 뜨겁네요, 리오님."

혼자 비를 맞고 있는 리오는 인상을 살짝 구기며 고개를 저었다.

"동굴이나 가자고."

"웃훙, 따라오세요."

케롤이 안내한 곳은 그리 깊지 않은 작은 동굴이었다. 그런데 동굴의 구석진 바닥에는 마치 마구간처럼 마른풀들이 잔뜩 깔려 있었다.

"환경이 지나치게 좋은데?"

리오는 풀을 집어 냄새를 맡았다. 동물이 쓴 것인지, 아니면 또 다른 생물이 쓴 것인지 확인하기 위해서였다.

"이상하군."

그는 그 풀을 쑤밍에게 내밀었다.

잠시 풀을 바라보던 쑤밍이 어색하게 웃었다.

"하하, 저는 초식동물이 아니지 말입니다."

"……."

루이체가 쑤밍의 옆구리를 꼬집었다.

[냄새를 맡아보라고!]

[앗!]

친구의 지적에 상황을 파악한 쑤밍은 전력을 다해 풀 냄새를 맡았다.

그녀가 눈을 휘둥그레 떴다.

"어, 이상하지 말입니다?"

"그렇지?"

루이체가 얼른 다가왔다.

"무슨 일인데?"

"냄새가 조금 이상해서 그래."

리오가 설명했다.

"짐승의 것도, 인간의 것도 아니야. 용족의 냄새에 가까워."

"용족이라고?"

그녀는 급히 교신기를 꺼내 이 근방의 정보를 확인했다.

"그럴 리가? 용족이 살고 있다는 정보는 없는데?"

"교신기에 담긴 정보가 딱 맞는 경우도 없지. 주신계 천사들은 생각보다 게으르거든."

리오가 어깨를 으쓱거렸다.

"공무원들이 다 그렇지요."

케롤이 추임새를 넣었다.

"음… 어쨌든 용족의 냄새치고는 좀 이상해. 어딘지 모르게 아리송하다고나 할까?"

"이질적이지 말입니다."

쑤밍이 걱정했다.

그녀가 판단한 그 아리송한 냄새는 동룡족의 것도, 서룡족의 것도, 그리고 마룡족의 것도 아니었다.

동료들이 고민하는 한편, 하이엘바인은 동굴 입구에 앉은 채 비가 내리는 숲을 묵묵히 바라보고 있었다.

여전히 과일을 입에 물고 있던 그녀는 식욕마저 사라졌는지 결국 그것을 입에서 떼어 옆에 놓았다.

"응?"

그녀가 움찔했다. 그녀의 목소리에 일행도 깜짝 놀랐다.

모두의 몸이 우두둑 굳어졌다.

흰색 원피스를 입은 흰색 머리의 소녀가 하이엘바인의 치아 자국이 난 과일을 집어 들고 있었다.

모두를 더욱 놀라게 한 것은 소녀가 과일을 먹는 방법이었다. 과일의 형상 자체가 빛으로 변하더니 살짝 벌려진 그녀의 입속으로 빨려 들어갔다.

"용한 재주를 가진 아이로구나?"

하이엘바인이 며칠 만에 미소를 지으며 소녀를 신기하게 바라봤다.

소녀는 그녀에게 신경 쓰지 않고 과일을 계속 흡입했다. 하이엘바인은 호기심 어린 눈으로 상대를 계속 살폈다.

"이보게, 리오."

"예, 하이엘바인님."

자신들의 눈앞에 기척없이 나타난 소녀를 어떻게 판단해야 할지 고민하던 리오는 정신없이 대답했다.

"이 과일은 이렇게 먹어야 맛있는 물건이었나?"

"그건 절대 아닙니다."

쏘아붙이듯 대답한 리오는 소녀의 입과 과일 사이에 흐르는 빛을 뚫어지게 쳐다봤다.

[저 아이는 지금 과일을 맛으로 먹는 게 아닙니다. 흡입하는 겁니다.]

그가 일부러 정신감응을 이용했다.

[인간이 아니라는 것은 알고 있네. 하지만…….]

그녀는 상당히 걱정을 하고 있었다. 정신감응을 통해 그녀의 감정을 가볍게나마 읽은 리오는 고개를 저었다.

[제가 살피겠습니다. 잠시 도와주십시오.]

[응? 아, 알았네.]

하이엘바인은 그가 왜 도와달라고 했는지 이해가 안 갔다. 그러나 자존심이 상하기는커녕 오히려 존중을 받는 것 같아 마음이 놓였다.

리오는 소녀를 유심히 살폈다.

장작처럼 마른 소녀의 팔다리는 보기가 안쓰러울 정도였다. 원피스의 가슴팍으로 보이는 것은 또래 소녀들의 뽀얗고 부드러운 살이 아니라 뼈가 드러날 정도로 얇은 피부였다.

리오의 관심을 끈 부분은 그녀의 하얀 머리였다. 처음엔 몰랐지만 자세히 보니 머리카락이 아니었다.

'가지가 쳐 있군.'

소녀의 머리카락은 가느다란 기둥을 중심으로 하얀색의 작은 털들이 다시 한 번 나 있었다.

리오가 고민하는 가운데 과일의 '흡수'를 끝낸 소녀는 리오 일행이 방문하기 전부터 깔려 있던 마른풀들 위에 조용히 누웠다.

하이엘바인이 그녀에게 다가갔다.

"저어, 여길 좀 보아라."

그러나 소녀는 반응이 없었다.

하이엘바인이 손을 가까이 하자 리오가 급히 손을 뻗어 그녀를 말렸다.

"안 됩니다, 하이엘바인님."

"안 되다니, 무슨 말인가? 저 아이를 그냥 방치할 생각인가?"

"그렇다고 함부로 손을 대도 괜찮은 존재는 아닌 듯합니다."

하이엘바인은 다시 동굴 입구에 앉아 바깥만 바라봤다.

[웬일로 여자의 마음을 긁으셨나요? 리오님답지 않군요.]

케롤이 정신감응을 통해 정말 궁금하다는 투로 시비를 걸었다. 리오는 그냥 침묵으로 일관했다.

빗발이 점차 약해지더니 이윽고 완전히 멎었다.

비가 멎은 뒤에도 한참 동안 밖을 보던 하이엘바인은 이윽고 자리에서 일어났다.

"가세."

"예, 하이엘바인님."

리오는 유령처럼 누워 있는 소녀를 슬쩍 보고는 일행을 재촉하여 동굴을 빠져나갔다.

반시간 정도가 흐른 뒤 소녀가 벌떡 일어났다. 나무껍질로

급조한 바구니에 과일을 한가득 담은 리오가 동굴 안으로 들어왔다.

"이건 반갑지?"

리오는 바구니 안에서 과일을 꺼내 소녀에게 가볍게 던졌다. 소녀는 자신에게 날아오는 과일을 조금 어설픈 자세로 덥석 받았다.

'마구잡이로 분해하진 않는군.'

과일로 소녀의 위험성을 시험해 봤던 리오는 밖을 보고 손짓했다. 리오와 함께 과일을 땄던 모두가 동굴 안으로 다시 들어왔다.

"괜찮을 것 같습니다, 하이엘바인님."

하이엘바인이 머쓱하게 웃으며 소녀에게 다가갔다.

"과일을 정말 좋아하는구나."

소녀의 푹신한 머리카락을 쓰다듬은 하이엘바인은 눈치도 보지 않고 과일을 흡입하는 그녀를 보며 아쉬운 미소를 지었다.

리오는 루이체, 쑤밍, 케롤과 정신감응을 시작했다.

[동물, 식물, 정령, 정신생명체, 천사, 악마. 모두 아니군. 내가 혹시 느끼지 못한 게 있을까?]

[실망이군요, 리오님.]

케롤이 가볍게 화를 냈다.

[뭐가?]

[남자가 아니잖아요? 왜 리오님께서 그걸 모르시죠?]

리오의 목 근육이 바짝 긴장됐다.

[미안하지만 나도 모르는 게 많아. 특히 곤충 애벌레의 암수 구분을 잘못하지. 그러니 좀 진지하게 도와주면 안 될까?]

[웃흥.]

모두는 그 웃음으로 상황을 넘어가려는 케롤이 매우 부담스러웠다.

[아까 그 냄새만으로는 동물, 그것도 용족에 좀 가까웠어. 하지만 가깝기만 할 뿐 근본적으로는 달랐지.]

[그렇지 말입니다, 스승님.]

쑤밍이 강력하게 동의했다.

[그보다 여기서 저 아이를 만난 것 자체가 뭔가 좀 이상하지 않아?]

루이체의 의견이었다.

일행 중에서 가장 두꺼운 옷을 입은 그녀는 팔짱을 낀 채 자신의 의견을 계속 말했다.

[로키가 정한 길대로 왔잖아? 지름길로 가다가 우연히 마주친 거라고는 생각이 안 들어. 분명 뭔가 꿍꿍이가 있을 거야.]

[그럼 샘플을 좀 채취해 볼까? 머리카락이라든지, 아니면…….]

소녀에 대해 생각하던 리오가 갑자기 정신감응을 멈추고 동굴 바깥쪽을 봤다.

"뭔가 오는군."

"응?"

다른 사람들에 비해 감각이 무딘 루이체는 뒤늦게 긴장했다.

"뭐지? 속도를 봐서 사람은 아닌 것 같은데?"

"렘런트야. 일단 모두 밖으로 나가."

리오의 지시에 하이엘바인이 움찔했다.

"무슨 말인가? 이 아이를 그냥 두고 가자는 건가?"

그녀의 파란색 눈동자가 심하게 떨렸다. 흑곰 부족 소녀의 기억이 아직도 그녀의 뇌리에 박혀 있었다.

"확인할 게 있어서 그렇습니다. 아이가 다치는 일은 없을 테니 어서 나오십시오."

"하지만……."

"괜찮을 겁니다."

그가 그녀의 손목을 잡아당겼다. 손목에 전해지는 온기가 하이엘바인을 저절로 이끌었다.

일행은 리오를 선두로 하여 풀숲 깊숙이 몸을 숨겼다.

"쑤밍이 숫자를 확인해 봐."

"예, 스승님."

그녀는 젖은 땅에 귀를 붙였다. 귀와 얼굴, 옷에 진흙이 잔뜩 묻었지만 그녀는 개의치 않았다. 케롤은 그녀의 훈련 수준에 감탄했다.

"스무 기 정도의 기마병이지 말입니다."

"렘런트가 말을 탔다고?"

루이체가 속삭이는 목소리로 의문을 드러냈다.

"말의 모습을 한 렘런트일 수도 있지. 뛰는 속도가 빠르고 발굽 소리가 거의 없지만 땅을 딛는 리듬을 봐서 말이 분명해. 아무튼 잘 세었어."

"감사합니다!"

칭찬을 받은 쑤밍이 얼굴에 진흙을 닦지도 않고 행복하게 웃었다.

케롤은 하이엘바인과 쑤밍을 번갈아 봤다. 더불어 자신의 기억을 잠시 되짚어봤다.

"리오님."

"왜?"

대답하는 리오의 목소리가 매우 작았다. 렘런트들이 그만큼 가까이 다가왔기 때문이다.

"대체 전생에 세상을 몇 번이나 구하신 거죠?"

질문을 받은 리오는 어이없다는 얼굴로 케롤을 돌아봤다.

"무슨 소린지 모르겠지만 굳이 전생까지 따질 필요가 있을까?"

"아. 역시!"

케롤이 활짝 웃었다. 리오는 케롤을 데려온 것을 잠시 후회했다.

일행 모두가 숨을 죽였다. 특별한 재주를 부리지 않아도 들을 수 있을 만큼 소리가 가까워진 것이다.

며칠 전 흑곰 부족을 습격했던 렘런트와 똑같은, 딱딱한 껍질을 지닌 존재들이 나타났다.

그들은 비슷한 질감의 껍질에 색만 검은색인, 일단 보기에는 말과 형태가 흡사한 것들을 타고 무서운 속도로 숲길을 질주했다.

'정말 짧은 시간이었는데 말이야.'

리오는 자신이 이 세계에 처음 왔을 때 만난 렘런트와 지금 보이는 렘런트들의 수준 차를 믿기 힘들었다.

'진화라기보다는 아예 다른 존재나 마찬가지군.'

그는 녹색 날개의 렘런트를 떠올렸다.

'용족과 상대할 자신이 있다고 한 말은 그냥 착각이지만, 그래도 수천 정도로 국가 하나를 천천히 전멸시킬 수준은 충분해. 물리적인 능력도, 마법에 대한 능력도 상당히 발전됐어. 공장에서 뚝딱 찍어내는 무기도 아니고, 대체 녀석들 뒤에 뭐가 있는 거지?

렘런트들은 리오 일행이 숨은 풀숲을 한 치의 의심도 없이 스쳐 지나갔다. 만약 그들이 정말 용족과 상대할 만한 능력을 갖고 있다면 잠깐 멈칫했을 것이다.

렘런트들은 아까 그 하얀색 소녀가 있는 동굴 앞에서 말을 멈췄다.

그들은 일제히 말에서 내렸다. 그들이 타고 있던 말이 앞발을 들며 일어나더니 렘런트를 덮쳤다. 말의 껍질들이 일제히 나뉘고 이동하여 아주 두꺼운 갑옷의 모양이 됐다.

그 검은색 갑옷을 몸에 걸친 렘런트들은 각자를 보며 중얼거렸다.

"이곳인가?"

"우리만으로 가능할지 모르겠군."

"힘으로 해결하는 문제가 아니니 안심하자, 동포들이여. 신의 하수인이 언제 어떻게 올지 모르니 어서 처리하고 떠나자."

"동의한다."

하이엘바인이 입술에 힘을 주었다.

[아무래도 그 애를 노리고 온 것 같군.]

그녀가 정신감응으로 물었다.

[그럴 겁니다.]

대답한 사람은 당연히 리오였다.

[그럼 지금 당장 구해야 하지 않나?]

리오가 그녀를 봤다.

[앞장서시면 뒤따르겠습니다.]

하지만 하이엘바인은 선뜻 나서지 못했다. 그 흑곰 부족 소녀의 기억이 그녀를 아직까지 사로잡고 있었다.

리오는 수풀 밖을 눈짓으로 가리켰다.

입에 재갈이 물린 채 렘런트의 손에 짐짝처럼 옮겨지는 소녀의 모습이 하이엘바인의 눈에 들어왔다.

그녀가 수풀 밖으로 불쑥 나갔다. 임시로 사용하고 있는 아리스톤 무기가 그녀의 의지에 따라 궁니르와 똑같은 모습으로 변했다.

"네 이놈들!"

방금 붙잡은 소녀를 옮길 준비를 하던 렘런트들이 그녀의 고함에 움찔했다.

하이엘바인이 창 자루의 끝으로 지면을 찍었다. 가벼운 충격파가 비에 젖어 축축한 땅을 가지런히 고르며 원형으로 퍼졌다.

"그 아이를 당장 놓아라!"

갑작스런 상황에 멍해져 있던 렘런트들은 소녀를 확보한 동료를 감싸는 한편 다급히 무기를 꺼내 하이엘바인과 맞섰다.

"신의 하수인?"

하이엘바인이 그렇다고 대답하려는 찰나였다.

"아니, 그 부하다!"

"신의 하수인은 어디 있나?"

렘런트들의 말에 하이엘바인의 숨이 탁 막혔다.

"네놈들과 농담할 겨를이 없다!"

하이엘바인의 파란색 눈동자가 투지로 빛났다.

렘런트들이 하이엘바인에게 달려들었다. 전에 만났던 렘런트들과 마찬가지로 그들은 패기가 넘쳤다. 정보가 없는 것이 아님에도 불구하고 그들은 자신들이 어떻게든 하이엘바인을 꺾을 수 있다고 굳게 믿고 있었다.

"흠!"

기합을 내지른 하이엘바인은 타작을 하듯 창을 들자마자 아래로 휘둘렀다.

대검이나 마찬가지인 창날에 머리를 강타당한 렘런트가 납작하게 뭉그러졌다. 그 틈을 타고 다른 렘런트들이 하이엘바인을 공격했으나 그들이 단순히 달려가는 것보다 하이엘바인이 창을 들고 자세를 잡은 후 옆으로 휘두르는 것이 더 빨랐다.

갑옷과 함께 분쇄된 렘런트들이 사방으로 흩어졌다.

그녀의 힘은 분명 예전만 못했다. 하지만 느릿느릿하게나

마, 그녀 자신도 모르는 어떤 사실이 그녀의 몸속에서 움직이고 있었다.

그녀가 앞으로 도약했다. 목표가 된 렘런트는 방패로 자신의 앞을 단단히 가로막았다. 몸에 붙은 갑옷이 방패로 옮겨붙어 마치 철벽처럼 변했다.

그 철벽이 창에 꿰뚫려 위로 들렸다. 작은 몸집의 하이엘바인이 큰 창으로 육중한 렘런트를 들어 올리고 있는 모습이 대단히 위태로워 보였다.

"정녕 싸움을 원하느냐? 이 하이엘바인과 끝까지 싸우고 싶은 것이냐!"

그녀의 외침에 숲이, 땅이, 하늘이 으스스하게 진동했다.

감았다 뜬 그녀의 눈동자는 선명한 황금색이었다.

"그렇다면 이제부터 일말의 자비도 없다!"

그녀의 팔에서 솟아난 빛이 창을 타고 올라가 렘런트의 몸에 들어갔다. 그 힘을 견디지 못한 렘런트의 몸이 크게 부풀어 올랐다.

결국 폭발한 렘런트의 잔해가 빨갛게 타 산화됐다.

일순간 휘날린 대량의 불씨에 시야를 방해당한 렘런트들이 당황한 기색을 보였다.

불씨들이 베어졌다. 렘런트 몇이 마찬가지로 산화하여 하늘로, 땅으로 빨갛게 퍼졌다.

분노하여 적들을 치는 그녀의 모습을 가만히 지켜보던 리오가 콧등을 만졌다.

'어떻게 된 거지?'

그녀가 발휘하는 힘이 이상했다. 세기는 힘을 잃기 전보다 한참 못 미쳤지만 힘이 전신을 순환하는 속도는 얼추 비슷했다.

모든 렘런트들이 쓰러졌다.

오로지 소녀를 옆에 낀 렘런트만이 무사히 남아 있었다.

하이엘바인의 창끝이 렘런트의 머리에 닿았다. 렘런트는 반응조차 하지 못했다.

그녀가 빨라서가 아니었다. 기세에 압도된 것이었다.

"그 아이를 데려가려는 이유가 뭐지?"

"아이?"

렘런트가 그 하얀 머리의 소녀를 보더니 웃음을 터뜨렸다.

"아이라고? 그렇군. 아무것도 모르는군."

"모른다고?"

하이엘바인의 눈초리가 사나워졌다.

"우리는 단지 수거를 하기 위해 왔을 뿐이다. 너희는 이 물건에 대해……."

하얀 손이 렘런트의 옆구리에 닿았다. 그 소녀의 손이었다.

렘런트가 느낄 틈도 없이 포박을 풀어버린 소녀의 손이 하얗게 빛났다. 그러자 소녀가 섭취하던 과일처럼 렘런트의 몸이 급격한 속도로 분해되기 시작했다.

렘런트는 생존 본능을 발휘해 소녀를 놓으려고 했지만 미처 움직이기도 전에 분해가 끝나고 말았다.

자신을 붙잡은 자와 그의 말을 완전히 분해시킨 소녀는 깃털처럼 가볍게 땅을 밟았다.

소녀가 하이엘바인에게 걸어갔다. 하이엘바인은 우두커니 서 있기만 했다.

상황이 그리되자 리오가 수풀 밖으로 얼른 뛰어나왔다.

"하이엘바인님!"

그가 몸으로 하이엘바인을 밀쳤다. 소녀의 손에서 터진 빛이 리오의 망토 끝자락을 스쳤다.

빛에 닿은 부분이 순식간에 증발했다. 직접적인 공격 외에는 거의 다 버텨냈던 그 브리간트의 날개가죽 망토가 그렇게 손상을 입는 것은 드문 일이었다.

소녀는 분해한 망토의 빛을 입으로 흡입했다.

그 순간 무표정하기만 하던 얼굴이 불편하게 일그러졌다. 괴로워하던 소녀는 결국 입에서 빛을 도로 내뱉었다. 그 빛은 리오의 망토로 돌아와 유실된 부분을 다시 채웠다.

소녀가 뒤로 몇 걸음 물러났다. 그리고 하늘로 솟아 어디론가 날아가 버렸다.

"오빠!"

루이체가 가장 먼저 달려왔다. 쑤밍과 케롤도 질세라 그에게 다가왔다.

"난 괜찮아."

그는 망토를 벗어서 루이체에게 건네줬다.

"이것 좀 살펴줘. 뭐가 어떻게 된 건지 알고 싶어."

"아, 알았어. 근데 정말 괜찮아?"

동생의 걱정에 리오는 미지근하게 웃는 것으로 말을 대신했다.

"하이엘바인님, 괜찮으십니까?"

하이엘바인 쪽을 본 모두의 표정이 얼음처럼 굳어졌다.

리오가 워낙 다급하게 밀친 탓에 그녀는 진흙탕 위에 엎드린 채 죽은 듯 가만히 있었다.

그녀가 물살을 가르며 일어났다.

"으……."

울상이 된 그녀가 손으로 얼굴을 쓸어내렸다. 쑤밍이 등짐에서 수건을 꺼내 그녀의 얼굴을 허겁지겁 닦아주었다.

어찌어찌 상황 수습이 끝난 뒤, 하이엘바인은 머리에 수건을 덮은 채 소녀가 있던 동굴을 걱정스럽게 바라봤다.

"어찌 된 일인지 모르겠군. 그 아이가 인간이 아니라는 건 알고 있었지만 설마 이렇게 공격적일 줄은 몰랐네."

리오는 대답하기 전에 그녀의 신체에 흐르는 힘을 다시 확인했다. 힘의 수준도, 흐름의 속도도 아까 싸우기 전처럼 온화했다.

"포장은 어떻게든 꾸밀 수 있는 법이지요. 가보면 알게 될 거라고 로키가 말했던 것, 기억하십니까?"

"음......"

"꽤 귀찮은 일이 될 것 같군요."

그는 루이체 쪽을 봤다.

"망토는 어때?"

"응, 괜찮아. 기능상으로도 문제가 없어."

리오는 망토를 돌려받으면서도 찜찜한 표정을 지우지 못했다.

"그 아이가 이 망토를 흡입했을 때 표정이 이상했지?"

"토해내기까지 했지 말입니다."

쑤밍의 얼굴에도 걱정이 가득했다.

"뭔가 힌트가 될 것 같군. 목적지까지는 아직 이틀 정도 더 걸어가야 하니 루이체는 그동안 쑤밍과 함께 그에 대해 한번 알아보도록 해."

"응, 오빠."

모처럼 활약할 기회를 얻었다고 생각한 루이체는 강한 의지를 보였다.

리오가 망토를 다시 걸쳤다. 풀리지 않도록 단단히 두르는 그의 곁으로 케롤이 슬쩍 다가왔다.

"저는 무엇을 하면 좋을까요?"

"요리."

이번에는 케롤이 상심했다.

그들은 다시 길을 떠났다. 하이엘바인은 이따금씩 뒤를 보곤 했지만 걸음을 늦추진 않았다.

조금 뒤, 그들이 서 있던 자리에 하얀 머리의 소녀가 다시 내려왔다. 무표정하던 소녀의 얼굴은 불쾌감으로 사납게 구겨져 있었다.

그 소녀의 곁으로 빛들이 무수히 내려왔다.

소녀와 똑같은 얼굴, 똑같은 체구, 똑같은 옷을 입고 있는 또 다른 소녀들이었다.

"저들을 배제 대상 2순위로 지정."

"동의."

소녀들이 순식간에 사라졌다.

그 직후, 이곳저곳에 숨어 있던 숲의 동물과 곤충들이 적막감을 깨고 나타났다. 동물들 대부분이 먹는 것까지 참고 숨어 있었는지 수척하기까지 했다.

또한 예민했다.

그것은 그 숲에 잠시 머물렀던 정체불명의 포식자에 대한
공포였다.

예상했던 이틀보다 하루 늦게 목적지에 도착한 리오는 일
행을 대표하여 누군가와 마주하고 있었다.

"내가 바로 황금여우 왕국의 임시 책임자인 '노블'이라고
한다. 공주인 내가 직접 이름을 밝혔으니 영광으로 알도록."

"리오라고 합니다."

턱을 바짝 든 채 그를 올려다보고 있는 존재는 그의 허리에
겨우 닿을 만큼 작은 수인이었다.

말이 수인이지 인간과의 차이는 귀와 꼬리뿐인 종족이었
는데, 남들은 그들을 황금여우 부족이라 했지만 스스로는 왕
족이라고 칭했다.

그들 대부분은 여우의 귀와 꼬리를 갖고 있었다. 노란색의
털은 고급스럽게 반짝거렸고 허리에 거의 붙을 듯이 위로 바
짝 선 꼬리는 두툼하고 푹신푹신했다.

리오가 상대하고 있는 수인은 스스로 밝힌 그대로 황금여
우 왕국의 공주였다. 성깔이 느껴지는 눈매와 말투가 보통이
아니었다.

[역시, 리오님의 팔자에 맞게 공주가 나왔네요.]

케롤의 비아냥거림을 똑똑히 전달받은 리오는 인내심을

발휘해 일에 집중했다.

"리오라. 간단하고도 무척 저렴한 이름이군. 그래, 니블헤임의 주인이 자네와 자네 친구들을 이곳으로 보냈단 말이지? 우리에게 문제가 생길 것을 잘도 알고 있었군."

"정확한 상황을 얘기해 주신다면 바로 처리해 드리겠습니다."

그러자 공주가 팔짱을 끼고 고개를 픽 돌렸다.

"흥, 딱히 그대들에게 도움을 받고 싶은 건 아님을 명심하라."

리오는 공주의 비단옷과 얼굴에 묻은 흙먼지에 잠시 눈을 돌렸다.

'성격상 나온 말인가? 아니면⋯⋯.'

공주의 말에서 왠지 모를 '뼈'를 느낀 리오는 그녀에게 조심스럽게 접근해 보기로 했다.

"이곳에서 벌어진 사건을 말씀해 주신다면 저희가 일을 처리하는데 큰 도움이 될 것 같습니다."

그러자 황금여우 왕국의 공주, 노블이 자신의 뒤편을 향해 몸을 돌리며 팔을 휘저었다.

"그대는 눈이 없나? 이걸 보고도 그런 질문이 나온단 말인가?"

그 수인들의 도시는 제법 규모가 컸다. 또한 건물 역시 아담하지만 화려했다.

물론 멀쩡할 때의 이야기였다.

도시를 지키는 성문과 성벽은 마치 유적지의 일부분처럼 그 터만 남아 있었다. 외곽뿐만 아니라 왕궁을 중심으로 도시의 북쪽 절반이 완파된 상황이었다.

파괴된 도시 바깥쪽엔 천이나 판자로 대충 만든 가건물들이 수두룩했다. 가건물의 안팎에는 부상과 질병으로 고통스러워하는 수인들이 치료를 받고 있었다.

희생자는 그들만이 아니었다. 공주 역시 사건의 희생자 중 한 명이었다.

성인식을 치르기까지 아직 몇 년이나 남은 그 어린 소녀는 부상당한 왕에 대한 걱정과 도시에 대한 책임감 때문에 신경이 날카로워진 상태였다.

리오는 부서진 도시를 세심히 살펴봤다.

'같은 날, 같은 방식으로 부서졌군. 마법인가?'

그는 내심 쓴맛을 삼켰다.

'마법의 흔적이 거의 사라졌어. 잔류 마력의 양도 바닥 수준이야. 이러면 어떤 마법이 어떻게 사용됐는지 밝혀내기 힘들지.'

일단 그는 공주에게 사과를 먼저 하기로 했다.

"소인의 무례를 용서하십시오."

"그래, 용서하지."

관용과 거만을 동시에 드러낸 노블 공주는 이어서 말했다.

"우리는 우리를 공격한 존재가 누구인지 전혀 보지 못했네. 그렇다고 우리가 인간보다 키가 작아서 그런 것이라고 착각하진 말게."

"그렇다면 도시는 어떻게 파괴된 것입니까?"

리오는 뒤에 붙은 얘기를 가볍게 무시하고 질문했다.

"한순간에 부서졌네. 붉은색의 빛줄기들이 도시 북쪽에 떨어졌지. 정말 놀라운 광경이었지만……."

노블은 말끝을 흐렸다. 그녀의 황금색 귀와 꼬리가 아래로 늘어졌다.

"음, 아무튼 문제는 거기서 끝이 아니었네. 얼마 지나지 않아 처음 보는 생물들이 말을 타고 들이닥쳤지. 그로 인해 많은 희생자들이 발생했네."

리오는 이야기의 허리 부분이 시원하게 생략된 듯한 느낌을 받았다.

"정말 거기까지입니까?"

"무슨 의미지?"

노블이 언짢아했다.

"정확한 사실을 말씀해 주셔야 저희도 정확히 도움을 드릴 수 있습니다."

"흥, 내가 그대들에게 거짓을 말할 이유가 없지 않나?"

그녀의 태도에 리오의 의심이 더욱 깊어졌다. 하지만 뭐라고 따지자니 아직 모르는 사실이 많아서 지금은 넘어가기로 했다.

"알겠습니다. 이야기해 주셔서 감사합니다."

"아, 잠깐."

대화가 끝났다고 생각한 리오에게 노블이 다급히 말했다.

"아바마마께서 사흘간 약을 드시지 못하셨네. 원래는 기사단이 아바마마께서 드실 약을 구해왔지만 지금은 병력을 움직일 수 없는 상황이라……. 부디 남쪽에 있는 불꽃의 계곡으로 가서 약의 재료를 구해다 줄 수 있겠나? 우리 입장에서는 도시의 안전만큼이나 아바마마께 드릴 약이 더 급하다네."

리오는 그녀의 요구를 듣고 의아해했다.

"어떤 약재인데 기사단까지 동원되는 것입니까?"

"약재는 그 계곡에서만 피어나는 검은 꽃의 잎사귀라네. 하지만 문제는 약재가 아니야. 그곳은 아주 두려운 존재가 버티고 있지."

"두려운 존재라 하심은……."

노블의 얼굴이 잔뜩 긴장됐다. 그녀가 몸을 웅크리고는 두 손을 꼭 쥐어 가슴에 붙이더니 이윽고 말했다.

"드래곤이네. 그것도 검은색의 드래곤이지!"

"그렇군요."

가볍게 대답한 리오는 손짓으로 루이체와 쑤밍을 불렀다. 그가 왜 루이체와 자신을 부르는지 잘 아는 쑤밍은 뒷머리를 한 번 긁적인 뒤 스승에게 걸어갔다.

"약재의 견본을 볼 수 있겠습니까?"

"겨, 견본? 여기 있네만……."

그의 태연한 태도에 자못 당황한 노블은 허리에 두른 작은 가방에서 잎사귀 한 장을 꺼냈다. 검은 꽃이라는 말에 걸맞게 그 잎사귀는 윤기가 흐르는 검은색을 띠고 있었다.

'희귀병에 쓰이는 약재였나? 기억이 잘 안 나는군.'

약재는 리오의 전문이 아니었다.

그는 우선 루이체와 쑤밍을 노블에게 소개했다.

"제 동생인 루이체와 제자인 쑤밍이라고 합니다. 이 아이들이 공주님께서 원하시는 약재를 구해올 겁니다."

둘이 꾸벅 인사했다.

노블이 둘을 위아래로 살피더니 송곳니가 뚜렷한 치아를 꽉 물고 바짝 드러냈다.

"지금 나를 놀리는 건가? 계집 둘로 어찌 드래곤을 상대한단 말이더냐!"

루이체가 다른 곳으로 눈을 돌렸다.

'나라도 그냥은 안 믿을 거야.'

'우아, 어쩌지?'

쑤밍도 리오가 이 상황을 어떻게 극복할 것인지 궁금했다.

리오가 노블을 보며 부드럽게 웃었다.

"여태까지 그 드래곤을 상대하다가 전사한 왕국의 기사단은 아마 한 명도 없을 겁니다. 맞습니까?"

"응?"

노블의 눈이 반짝 커졌다. 그의 말대로 기사단은 드래곤과 싸워서 죽도록 고생한 일은 있어도 죽은 적은 없었다.

황금여우 기사단이 잎사귀를 채취하는 절차는 간단했다. 약 50명 정도가 계곡을 지키는 검은색 드래곤을 상대로 싸우는 사이에 가장 날쌘 자 한 명이 잎사귀를 몰래 채취하여 달아나는 것이다.

드래곤은 그 '행사'가 끝날 때까지 자신을 상대하는 기사단을 온갖 방법으로 괴롭혔다.

그 스토리를 대강 예상했던 리오는 루이체와 쑤밍의 어깨를 두 손으로 각각 덮었다.

"이 아이들은 어엿한 전문가입니다. 제가 보장할 테니 허락해 주십시오."

"아, 알았다. 믿어보지."

노블은 그래도 마음이 편치 않았다. 부친의 병을 달랠 유일한 길을 니블헤임의 주인, 로키가 보낸 자들에게 맡기기가 영

꺼림칙해서였다.

리오는 모두를 한자리에 모이게 했다.

"아까 얘기한 대로 루이체와 쑤밍은 약재를 구해오도록 해. 더불어 그 용족에게서 정보란 정보는 모두 뜯어내 봐. 반항하면 팔다리 정도는 부러뜨려도 상관없어. 죽이지만 마."

"예, 스승님."

대답한 쑤밍이 아랫입술을 꽉 물고 투지를 보였다.

"웃훙, 두 분을 너무 믿는 것 아니신가요? 마음도 좋으셔라."

케롤이 또다시 깐죽거리자 리오가 그의 어깨를 두드려 주었다.

"같이 가준다고? 매우 고맙군."

"예? 잠깐, 리오님! 저는 리오님의 곁에서 벗어날 생각이……!"

케롤이 저항했으나 리오는 뜻을 굽힐 생각이 없었다.

"시간없으니 어서 가. 이곳은 나와 하이엘바인님이 맡을 테니까."

"이러실 수는 없어요!"

그러나 루이체와 쑤밍은 그의 팔을 붙잡고 강제로 끌어당겼다.

케롤의 비명이 저 멀리 사라지는 한편, 리오는 하이엘바인과 함께 도시를 살펴봤다.

부서진 곳은 왕궁을 포함하여 도시의 북쪽 일부였다. 리오가 있는 곳이 바로 그곳이었다.

리오는 자신들을 따라다니는 수인 병사에게 몇 가지를 물어보려 했지만 그들은 아무 대답도 할 수 없다는 말만 반복했다. 주민들은 리오나 하이엘바인과 아예 눈도 마주치려 하지 않았다.

임시병동을 지나던 리오는 주민들의 부상을 눈여겨봤다.

'화상, 찰과상, 타박상……. 검이나 창 같은 무기에 베이고 뚫린 자는 없군.'

그가 생각했다.

'렘런트가 정말 오긴 온 건가?

좁은 천막 안에 잔뜩 격리되어 있는 아이들의 모습이 리오의 눈에 들어왔다. 그 수인족 아이들의 눈동자는 죽음과 현실, 미래에 대한 공포로 인해 무서우리만치 맑고 뚜렷했다.

그 눈은 감정의 선을 넘어서 동물적으로 긴장하고 있다는 증거였다.

리오는 가슴이 아팠다.

그는 다른 것은 몰라도 고아만큼은 자신의 개인사가 떠올라 그냥 지나치지 못했다.

하이볼크를 만나기 전, 그는 용병 생활을 하면서 자신의 검이 무엇을 만들어내는지 탐구해 본 일이 있었다.

처음에는 돈과 승리의 쾌감이 전부라고 생각했다. 그러나 어른에 가까워지면서 그 이상으로 더 큰 것이 발생하고 있음을 깨닫고 말았다.

자신의 손에 의해 가장을 잃고 슬퍼하는 사람들, 이른바 유가족이었다.

자신에게 아버지를 잃은 줄도 모르는 한 아이가 붉은 머리의 용병, 즉 리오에 대한 전설을 마치 자기 일인 양 친구들에게 이야기하고 다니는 모습은 리오에게 충격을 주었다.

그가 루이체와 쑤밍을 돌본 이유는 그때의 기억 때문이었다.

'그 이후에 베니카 누나를 만났지.'

멍한 느낌이 리오를 덮었다.

'언제 만났더라?'

그의 걸음이 느려졌다.

"이보게?"

하이엘바인의 부름이 그를 일깨웠다.

"아, 하이엘바인님."

"괜찮은가? 지금 자네의 생명이 느껴지지 않았다네."

그녀가 리오를 구석구석 살폈다.

"죄송합니다. 잠시 생각을 좀 하느라……."

"그런가?"

하이엘바인은 정말 그가 '생각'만 한 것인지 궁금했다. 그냥 생각만 한다고 해서 꼭 죽은 사람처럼 생명력이 꺼지진 않기 때문이다.

둘은 다시 도시를 둘러봤다.

"모든 이들에게서 절망이 느껴지는군."

하이엘바인의 소감에는 안타까움이 섞여 있었다.

"압도적인 위협을 경험한 자들만이 저렇게 되지요."

리오의 표정도 그녀만큼 흐렸다.

"아무래도 도시의 잔해를 살펴봐야 좀 더 자세히 알 수 있을 것 같습니다."

"그럼 들어가 보세."

병사들에게 양해를 구한 뒤 도시로 들어간 리오와 하이엘바인은 큰길 한가운데에 대놓고 뚫린 폭발 지대와 마주했다.

폭발 반경과 깊이가 상당했다. 리오는 하이엘바인과 함께 폭발 지대의 한가운데로 들어가 바닥을 살폈다.

"어떻게 보십니까?"

리오가 묻자 손끝으로 땅을 훑어 살피던 하이엘바인이 다시 일어났다.

"열을 동반한 폭발일세."

"마력이 느껴지는군요. 분명히 마법의 흔적입니다만 종류를 알 수 없습니다."

리오는 아슬아슬하게 버티고 있는 건물의 옥상으로 날듯
이 올라갔다.

그는 주변에 잔뜩 깔린 폭발 지대들과 부서진 도시의 형태
를 관찰했다.

"거의 동시에 떨어졌습니다. 이건 인간이 마법을 이용해
발휘할 수 있는 화력이 아닙니다."

하이엘바인이 그를 올려다봤다.

"용족일 가능성은 없나?"

용족의 숨결 공격에 마력이 존재한다는 사실에서 기인한
추리였다.

리오는 머리를 빠르게 가로저어 부정했다.

"아닐 겁니다. 혹시나 있다 하더라도 마력과 생체 능력이
혼합된 공격의 흔적을 이렇게 남길 수 있는 용족은 제가 아는
한도 내에서 한 명밖에 없습니다."

"한 명? 누군가?"

"서룡족의 제왕님입니다."

리오가 씩 웃었다.

"하지만 그 친구가 저 말고 다른 사람을 괜히 괴롭힐 리는
없습니다."

"음, 그렇지."

그녀도 웃었다.

"그러고 보니 그분도 쑤밍처럼 아주 어릴 때부터 자네 곁에 계셨군."

"공교롭게도 말이죠."

"그분에, 루이체에, 쑤밍에. 전부 비슷한 또래라 자네가 정말 키우기 힘들었을 것 같네."

"확실히 그렇죠."

리오는 뒤쪽을 살피기 위해 돌아섰다.

"그래도 모두 착한 아이들이라 속이 썩진 않았습니다. 다들 훌륭히 잘 컸지요. 흠, 이렇게 말하고 보니 제가 꼭 엄마 같군요."

"다들 그렇게 생각할 걸세."

"후후."

리오가 다시 하이엘바인 곁으로 내려왔다.

"현장 분석만으로는 어떤 존재인지 파악하기 힘듭니다. 더불어 왜 이곳이 이렇게 공격당했는지 잘 모르겠습니다."

"나도 그렇다네. 이상한 점은 또 있다네. 얘기만 들어서는 폭격당한 이후에 렘런트들에게 습격받은 것 같은데, 생존자가 있다는 것이 더 이상하군."

리오는 그녀가 이곳에서 일어난 일의 의문점 중 하나를 잘 짚어내자 웬일이냐는 얼굴로 그녀를 봤다. 그와 문득 시선을 마주친 하이엘바인은 기침을 쿨럭했다.

"너무 그러지 말게."

"아, 실례했습니다."

리오가 미지근하게 웃었다.

"아무튼 말씀하신 그대로입니다. 아무래도 렘런트들에 대한 이야기를 공주에게 더 들어봐야 할 것 같습니다."

"그러세. 하지만 괜찮을지 모르겠군."

하이엘바인이 걱정했다.

"어떤 점에서 말씀이십니까?"

"그 공주님 말일세. 비밀을 쉽게 대답해 줄 성격이 아닌 것 같네."

"새침함이 심한 성격일 뿐이니 너그럽게 생각하십시오. 어떻게든 될 겁니다."

"으음."

그래도 하이엘바인은 그녀의 태도가 영 탐탁지 않았다.

그녀를 가장 심하게 자극한 부분은 딱히 도움이 필요없다며 콧대를 높이던 공주가 아버지의 약재에 대한 부탁을 서슴없이 했을 때였다.

이중적인 면의 소유자를 싫어하는 하이엘바인에게는 아무래도 눈에 거슬릴 수밖에 없었다.

도시 밖으로 걸어나온 리오와 하이엘바인은 노블 공주에

게 다가갔다.

병사들의 얘기를 들은 공주는 팔짱을 낀 채 꼬리를 흔들며 리오와 하이엘바인을 봤다.

하이엘바인의 감정이 조금 격해졌다.

[역시 콧대가 하늘을 찌르는군. 저 꼬리의 거만한 움직임을 보게! 자신이 무슨 대단한 존재인 줄 알고 있군!]

[왕족이지 않습니까?]

[아…….]

하이엘바인은 민망한 나머지 정신감응을 멈췄다.

그들 사이에 무슨 이야기가 오갔는지 전혀 모르는 노블 공주는 매우 불쾌한 표정을 지었다.

'내 험담을 하고 있는 건가?'

그녀가 정식으로 항의를 하겠다고 마음먹는 찰나, 리오와 하이엘바인이 갑자기 멈추고는 오른쪽과 왼쪽을 각각 봤다.

전의가 충만한 둘의 눈빛에 노블 공주가 흠칫했다.

남쪽과 서쪽에 위치한 감시탑으로부터 종소리가 요란하게 울렸다. 적의 습격을 알리는 신호였다.

각 방향에서 마법으로 된 화염탄들이 굉음을 지르며 날아와 감시탑에 꽂혔다. 폭파된 감시탑 밖으로 불덩이가 되어버린 수인족 병사가 튕겨 날아갔다.

디바이너를 빼 든 리오는 노블 공주의 주변에서 터지는 빛들을 노려봤다.

"정말 질리는 놈들이군."

그 빛들을 가르며 갑옷 차림의 렘런트들이 나타났다. 마법을 이용한 단거리 공간이동을 이용한 것이다.

수는 약 10여 개체 정도였다. 원래는 약 30개체 정도였지만 단거리 공간이동 같은 고급 마법에는 아직 익숙지 않은지 20개체 정도는 팔다리의 위치가 바뀌는 등 엉망이 되어 굴러다니다가 죽어 사라졌다.

리오는 그들이 왜 그렇게 무리를 해서까지 이곳에 나타났는지 궁금했다.

"신의 하수인 녀석!"

렘런트들이 자신들 사이에 놓인 노블 공주의 목에 무기를 댔다.

"끝까지 우리를 방해하려 드는구나!"

불쾌감과 살기가 그들의 두껍고 단단한 육체로부터 모락모락 피어올랐다.

"너희야말로 끝까지 내 눈에 밟히는군. 여긴 왜 또 왔지? 지갑이라도 두고 갔나?"

위기에 빠진 노블 공주는 그렇게 대놓고 여유를 부리는 리오가 얄밉다 못해 어이없었다.

"정보대로 입버릇이 더러운 놈이로군."

칼날이 노블의 목에 닿았다. 렘런트는 칼날을 움직여 그녀의 피부를 미세하게 자극했다.

"움직이지 마라, 신의 하수인. 조금이라도 움직인다면 이 계집의 목숨은 없다."

"어이, 진정하라고."

리오는 공격할 의사가 없음을 알리기 위해 디바이너를 땅에 꽂았다.

"인질을 잡는 걸 보니 거래를 원하나 본데, 제대로 된 거래를 원한다면 이제부터 아무도 죽이지 마. 누구 하나 죽였다가는 너희 삶도 꼬일 거야."

"그러지."

사방에서 렘런트 기마대가 몰려왔다. 그들은 가건물과 수인들 사이에 서서는 전방을 리오 쪽에 집중했다.

"우리는 선발대가 전멸한 관계로 그것을 확인하기 위해 후발대로서 온 것이다. 뭐가 문제지?"

"선발대?"

"그렇다. 아무도 돌아오지 못했지. 아무래도 네놈은 이 계집에게 자세한 설명을 듣지 못한 것 같군."

공주를 직접 인질로 잡은 렘런트는 인간처럼 아주 자연스럽게 얘기하고 있었다.

리오는 렘런트의 언어 능력이 다른 지적 생명체들과 흡사

한 수준까지 올라갔다고 판단함과 동시에 아무런 조직도 보이지 않던 그들이 '선발대'와 '후발대'를 가볍게 거론하는 것에 매우 의아해했다.

'못 본 사이에 변화가 크게 일어났군. 뭔가 있어, 분명히.'

그는 두려움으로 인해 핏기가 싹 빠진 노블 공주의 얼굴을 보고 렘런트에 대한 추리를 잠시 미뤘다.

"그럼 너희가 그 자세한 설명이라는 걸 좀 해주겠나?"

"흥, 신의 하수인이라는 자가 웃기는 질문을 하는군. 이해가 안 되나? 설마 이 작고 보잘것없는 짐승들이 우리 동포를 죽였다고 생각하진 않겠지?"

아까 하이엘바인이 제기했던 의문과 맞아떨어지는 부분이었다.

"말씀하시기 곤란한 부분이라도 있었습니까, 공주님?"

"으윽……!"

노블이 눈을 꽉 감았다.

순간 화염덩어리 하나가 공주와 렘런트들의 머리 위에 떨어졌다.

새카맣게 그을린 렘런트들이 그 불꽃 밖으로 쓰러지더니 이내 죽어 소멸됐다.

그 갑작스런 화재 속에 공주는 존재하지 않았다.

'뭐지?'

리오는 화염을 뚫고 뛰어오르는 노블 공주의 모습에 당황
했다. 그것은 제아무리 공주라고 해도 가능한 광경이 아니었
다.

공주는 성벽의 잔해 위에 서서는 양손으로 마법진을 화려
하게 그렸다.

"나는 여기 있다!"

그러자 렘런트들이 피 냄새를 맡은 맹수들처럼 리오와 다
른 수인들을 무시하고 우르르 몰려갔다.

"바로 저 계집이다! 어서 확보하라!"

"각자 마법 방어력을 최대로 올려라!"

렘런트들의 갑옷이 회색에서 검은색으로 일제히 변했다.

리오는 지금 상황을 이해하기 힘들었다.

'이게 도대체 무슨⋯⋯?'

하이엘바인이 그의 옆에 다시 나타났다. 그녀는 렘런트들
이 나타나기 직전에 하늘로 솟아 기회를 노리고 있었다. 리오
가 아까 디바이너에서 손을 뗀 것은 그녀의 기습을 돕기 위해
서였다.

"어찌 된 노릇인가?"

"잘 모르겠습니다."

그의 눈썹 사이에 골이 파였다.

"상황도 그렇거니와, 저 공주님이 사용하는 마법도 모르겠

군요. 제가 알고 있는 불의 마법과는 가동 체계가 다릅니다."

"뭐라고?"

하이엘바인이 크게 당황했다.

붉은색으로 빛나는 마법진을 완성시킨 공주는 주먹으로 마법진의 한가운데를 쳤다.

"무엄한 놈들!"

마법진 그 자체가 화염덩어리로 변해 렘런트들에게 날아갔다. 땅에 떨어져 폭발한 화염은 렘런트들의 강인한 몸뚱이를 일격에 분해시켰다.

공주의 온몸이 붉게 달아올랐다.

"이 왕국은 나 스스로가 지킬 것이다!"

수십 개의 작은 마법진이 공주 주변에 어지러이 맺혔다. 그 마법진들 모두가 화염으로 변하여 렘런트들에게 쏟아져 내렸다. 마치 불의 비가 내리는 듯한 모습이었다.

렘런트들이 화염 속에 허우적거리며 비명을 질렀다.

"마법 방어가 통하지 않는다! 어찌 된 일인가!"

"알 수 없다! 알 수 없……!"

우왕좌왕하며 소리치던 렘런트들이 이내 불덩이에 맞고 소멸됐다.

리오는 인간과 비슷하거나 약간 못 미치는 정신 능력을 가진 수인이 그런 초고차원의 마법을 사용한다는 사실을 눈으로 보고도 믿을 수가 없었다.

'뭔가 잘못돼도 크게 잘못됐군.'

그는 온갖 초감각을 동원하여 공주를 살펴봤으나 특이점은 보이지 않았다.

"하이엘바인님은 아시겠습니까?"

그는 혹시나 하는 생각에 하이엘바인에게 물었다.

"저 마법은 아스가르드의 것이네."

"예?"

하이엘바인은 긴장한 나머지 대답에 앞서 침을 꼴깍 삼켰다.

"전술 마법(戰術魔法)이라 하여, 라그나로크 전쟁 시에 미미르님이 만든 전투용 마법이라네. 저 마법은 똑같은 아스가르드의 방어 마법을 사용하거나 선천적인 마법 방어 능력을 갖추지 않으면 대처할 수 없네."

그 말을 듣기라도 한 듯, 순식간에 절반 가까이 수가 줄어버린 렘런트들이 스스로 육체를 흩었다.

껍질에 싸인 모습에서 벗어나 검은색 물질의 모습으로 돌아온 그들은 자신들뿐만 아니라 그 일대의 건물 잔해들까지 뒤섞어 다른 형태로 변했다.

머리는 분명 서룡족의 것이었지만 그 아래는 과도할 정도로 두툼한 갑옷을 입은 인간의 모습이었다.

크기는 공주가 서 있는 잔해까지 다다를 정도로 높았다. 무게는 건물 잔해, 즉 돌이 섞인 관계로 한 발 걸을 때마다 땅이 흔들렸다.

그야말로 괴수(怪獸)였다.

"확보할 가치가 있구나!"

렘런트 괴수가 고함을 지르며 팔을 뻗었다.

공주는 이를 부드득 갈며 마법진을 짰다.

"그대로 구워주마!"

여태껏 그녀가 쏜 화염덩어리 중 가장 큰 것이 괴수의 몸을 때렸다.

하지만 렘런트는 굳건히 버텼다. 돌을 흡수하여 만든 껍질이 그녀의 공격을 효과적으로 방어한 것이다.

렘런트가 주먹을 공주에게 뻗었다. 공주는 요정처럼 날랜 몸짓으로 그 흉기를 피했다.

주먹이 공주 대신 건물 잔해를 때렸다. 잔해의 파편이 뭉게구름처럼 피어올랐다.

"왕국은 내가 지킨다!"

그녀가 자신의 키만큼 큰 중형의 마법진을 그렸다.

현악기를 손톱으로 잡아 뜯을 때 나는 굉음과 함께 마법진이 순식간에 완성됐다. 렘런트 괴수의 육중한 몸으로는 따라잡을 수 없는 속도였다.

마법진에서 두꺼운 화염이 간헐천의 물줄기처럼 터져 나왔다. 화염을 온몸에 뒤집어쓴 렘런트는 괴성을 지르면서도 공주에게 차근차근 접근했다.

화염의 방출이 강해지면서 새빨갛게 빛나던 공주의 머리카락이 끝자락부터 하얗게 탈색됐다.

"이제 뭔가 좀 알 것 같습니다."

리오가 디바이너를 뽑아 들었다. 그는 하이엘바인이 무엇을 알아냈냐고 질문할 틈도 주지 않고 싸움터로 향했다.

"하이엘바인님도 어서 오십시오!"

"아, 알았네!"

그녀는 이번에야말로 희생자를 내지 않겠다고 마음먹으며 그를 따라갔다.

도시 전체의 공기를 달구던 공주의 불꽃이 차츰 기세를 잃었다.

"으……!"

땅에 내려온 공주의 몸에서 붉은 빛이 완전히 사라졌다. 대신 흰색의 빛이 아련하게 내려와 그녀가 밟은 땅에 흘러 퍼졌다.

공주는 다시 힘을 발휘하려 했다. 그러나 그녀는 자신이 가진 힘이 더 이상 우호적이지 않음을 몸으로 느끼고 있었다.

"이제 조용해졌군. 아무리 강력해도 동력원이 보잘것없다면 쓸모없는 법이지."

괴수의 눈빛이 강해졌다.

"이제 순순히 우리가 되어라!"

렘런트의 기세등등한 외침, 그리고 자신을 붙잡기 위해 다가오는 손에 압도된 공주는 꼼짝도 하지 못했다.

'아바마마……!'

거침없이 전진하던 렘런트의 머리가 우지끈 흔들렸다. 혜성처럼 돌진한 하이엘바인이 발차기로 괴수의 이마를 거세게 밀어붙였다.

갑작스러운 충격에 중심을 잃은 렘런트는 뒤로 비틀거린 뒤 폐허 위로 드러누웠다.

창을 거머쥔 하이엘바인이 렘런트를 지켜봤다. 그 상태에서 당장 제거할 수도 있었지만 그녀는 일단 리오의 지시를 기다리기로 했다.

리오가 공주 앞에 섰다.

"저희가 도와드리겠습니다. 대신 지금 갖고 계신 힘은 포기하십시오."

상대가 자신에 대해 뭔가 알아냈음을 직감한 공주는 들고양이처럼 남은 힘을 바짝 끌어올리며 리오를 경계했다.

"그렇게는 못하네! 선조께서 우리에게 남겨주신 희망을 어찌 넘길 수 있단 말인가!"

거부하는 공주의 몸이 더욱 하얗게 변했다.

"남에게 의지하고 지배당하는 것은 이제 질렸단 말일세!"

그녀의 몸부림은 리오를 난처하게 만들었다.

고민하는 그의 얼굴에 붉은색 핏물이 쏟아졌다. 머리카락처럼 생긴 흰색의 다발이 공주의 가슴을 뚫고 하늘거렸다.

눈동자가 풀린 노블 공주의 입에서 피가 울컥 넘어왔다.

"숙주가 가치를 상실했다고 판단."

공주의 몸 뒤편에서 하얀색의 그림자가 떠올랐다.

공주에게서 벗어나 땅을 밟은 그 존재가 조금 더 구체적인 형태를 갖췄다. 그 모습은 리오와 하이엘바인을 경악에 빠뜨렸다.

리오 일행이 도시에 오기 전에 만났던 그 흰색의 소녀가 거기에 있었다.

일은 그에 그치지 않았다. 그 소녀와 똑같은 모습의 또 다른 소녀들이 빛을 뿌리며 내려와 리오와 하이엘바인 주변에 늘어섰다.

"전투 형태를 제안."

쓰러진 노블 공주의 뒤편에 서 있던 소녀가 말했다.

"동의."

다른 소녀들이 동시에 대답했다.

하늘로 떠오른 소녀들이 일제히 검은색 빛을 일으키며 모습을 바꿨다. 이윽고 그 자리를 대신하는 것은 서룡족과 비슷한 외형의 검은색 짐승들이었다.

'이건 또 뭐지?'

리오는 얼굴에 묻은 노블 공주의 피를 왼쪽 팔에 낀 보호대로 닦아 내렸다.

이곳에 오기 전에 만났던 하얀 소녀의 냄새, 그 용족의 것과 비슷한 냄새에 대한 기억이 불현듯 그의 뇌리에 스쳤다.

'로키는 이걸 알고 있었나?'

리오는 지금의 꺼림칙한 상황이 영 마음에 들지 않았다.

그 검은색 드래곤들은 더 이상 리오에게 생각을 할 여유를 주지 않았다.

공격성을 품은 검은색의 빛줄기들이 리오를 향해 일제히 낙하했다.

좌우로 빠르게 움직여 폭격을 피한 리오는 노블을 부축하여 다른 수인들이 있는 곳으로 미끄러지듯 움직였다.

검은색 드래곤들의 공격이 그를 노리고 날아왔다.

"전부 엎드려!"

수인들이 일제히 엎드렸다. 군복을 입은 두 명은 함께 노블의 몸을 덮쳐 그녀를 보호했다.

리오가 디바이너로 땅을 후려쳤다. 검이 긁고 지나간 부분에서 올라온 폭발이 벽이 되어 적들의 공격을 막아냈다.

리오는 쏟아지는 흙더미 속에서 적들을 살폈다.

'녀석들의 수가 너무 많아. 수인들을 지키면서 싸울 수 있을까?'

그는 문득 노블의 피가 묻은 팔 보호대를 봤다.

'뭐든 해봐야겠지.'

보호대 위쪽의 공간이 일그러지더니 짙은 회색의 철갑이 나타났다. 도톰한 철판들을 검은색의 두꺼운 끈으로 이어 붙인 형태의 그 물건은 리오의 팔뚝과 손등을 단단하게 감쌌다.

그의 망토 위쪽에도 철갑들이 나타났다. 양어깨와 앞가슴, 등판을 가린 그 철갑들의 표면에는 신계에서 사용되는 문자들이 용맹함을 기도하기 위해 새겨진 문신처럼 검은색으로 세공되어 있었다.

'괜찮을지 모르겠군.'

그가 다시 드래곤들을 향해 솟아올랐다.

드래곤들의 꼬리 부분에서 네 장의 긴 비늘들이 떨어져 나와 리오에게 날아갔다. 뒤이어 드래곤들의 몸에서 빛줄기들이 퍼져 리오에게 집중됐다.

비늘과 빛줄기가 일으킨 폭발이 리오를 집어삼켰다.

CHAPTER 22
간반테인

"이 이상은 힘들어."

중성적인 형태의 몸매를 가진 렘런트가 옆에 놓인 낡은 의
자에 털썩 앉았다.

그가 앉은 의자는 본래 상당한 고급 제품이었다.

기초가 된 나무와 시트에 쓰인 가죽은 물론 시트 안에 들어
가 있는 솜들조차도 시장 한 구석에서 아무렇게나 때려 만든
물건과는 품격이 달랐다.

하지만 지금은 쓰레기장에서 건져 낸 고물과 다를 바가 없
었다. 의자 곳곳에는 지저분한 상처가 가득했고 갈라진 틈에

서 솜을 뱉고 있는 시트의 모습은 한심스러울 정도였다.

옆에 있던 렘런트가, 그와 마찬가지로 검은색 연기에 가까운 고등급 렘런트가 손가락으로 탁자를 가리켰다.

"이 상태로 뭘 어쩌겠다는 소리지?"

지적을 하는 렘런트의 형상은 가슴이 아주 발달한 형태의 여성이었다. 리즈를 노리고 있던 바로 그 렘런트였다.

탁자 위엔 두꺼운 껍질을 갑옷처럼 걸친 렘런트가 의식을 잃고 누워 있었다. 실험대 위에 올라간 실험체인 셈이었다.

여성형 렘런트가 손으로 실험체 렘런트를 훑었다.

"겉모습과 힘은 더 강력해졌지만 정형화가 됐잖아? 우리가 받고 있는 정보의 양이 아무리 줄어들었다 하더라도 이러한 변화는 오히려 해가 될 것 같은데?"

그녀가 지적했다.

"후, 꽤 보수적이네? 대체 언제부터 렘런트라는 집단에 자부심을 느끼게 된 거야?"

"뭣이?"

중성적인 몸매의 렘런트가 그녀를 향해 돌아앉았다.

"너와 나, 비슷한 존재끼리 숨길 필요는 없잖아? 너 역시 알고 있을 거야. 동포들 사이에 어떤 격차가 발생하고 있다는 사실을 말이야."

"음……"

"똑같은 정보를 던져 줘도 그것을 습득하고 이용하는 것에 대한 차이가 동포들 사이에 나타나고 있어. 인간처럼, 아니, 세상에 존재하는 모든 동식물들처럼 우성과 열성이 나타나고 있다고."

"분명히 그렇지."

여성형 렘런트가 탁자 구석에 다리를 꼬고 앉았다.

"그렇다고 해서 동포들의 능력과 모습을 강제로 획일화시킬 필요가 있을까?"

"이용해먹기는 더 쉬워졌지."

렘런트가 키득키득 웃었다.

"그동안 이어진 실험 덕분에 동포들은 자신들이 드래곤만큼 강하다고 착각하고 용맹을 발휘할 수 있게 됐어. 그 신의 하수인 때문에 분위기가 안 좋아지고 있었던 터라 걱정이었는데 말이야. 상당한 성과였어."

그는 몸 안에 넣어놓고 있던 어떤 물체를 손바닥 위로 옮겼다.

"네가 가져온 이 파편이 아니었다면 이렇게까지 훌륭한 성과를 얻지 못했을 거야. 조금 있으면 서번트들에게도 이 강인한 육체를 적용할 수 있을 것 같아."

그것은 헤라클레스의 각성 현장에서 여성형 렘런트가 가져온 루이체의 교신기 파편이었다.

"여기서 조금만 더 힘을 내면 동포들의 힘은 더욱 증대될 거야. 착각이 아니라 진짜로 동포 한 명이 드래곤 한 마리에 근접하게 되지. 단지 아리스톤이라는 재료가 문제이긴 하지만 말이야."

"아리스톤은 이 세계에서 구할 수 없나?"

"그 물질은 어느 세계의 어떤 물질과도 공통점이 없어. 주신계로 가서 훔쳐 오지 않는 한 불가능해."

"먼 장래의 일이군."

매우 자신있는 발언이었다.

그 여성형 렘런트가 갑자기 하얀색 안광을 밝게 뿌렸다.

"내가 구해온 파편은 그것 말고도 많았는데, 다른 것들은 어디 갔지?"

"지휘부에서 가져갔어."

"지휘부에서?"

여성형 렘런트가 움찔했다.

"우리 리더와 그의 부관이 심부름을 할 녀석 하나를 데리고 떠났지. 얼마 전의 일이야. 자리를 비우게 된 이유는 듣지 못했지만 아직도 돌아오지 않는 것을 보면 무슨 꿍꿍이가 있겠지."

"우리에게 도움이 되는 꿍꿍이라면 좋겠군."

"뭐 어때?"

중성적인 몸의 렘런트가 두 팔을 벌리며 여유를 부렸다.

"이 기회에 내가 대장이 되는 것도 괜찮잖아?

"주제를 모르는 녀석이네?"

여성형 렘런트가 코웃음을 쳤다.

"후후, 좋아. 멋대로 해봐. 난 무조건 강한 자에게 붙을 테니까."

"머리가 아예 나쁘진 않네."

둘이 깔깔거리며 웃었다.

그들의 웃음소리 뒤편에서 실험대 위에 올라가 있는 렘런트의 눈이 번쩍 뜨였다.

*　　　*　　　*

루이체와 쑤밍, 케롤은 리오와 하이엘바인에게 무슨 일이 벌어졌는지 전혀 모르는 채 심부름 길을 가고 있었다.

루이체는 드래곤의 형태로 변한 쑤밍 위에 엎드려 그녀와 수다를 떨었고, 케롤은 검은색 연기의 형태로 묵묵히 그녀들을 따라갔다.

"정말 라디언트님께서 금연을 하고 계신 걸까?"

쭉 이어지던 이야기는 휀에 대한 화제로 이어졌다.

"으음. 향수를 쓰신 것 같진 않아."

루이체의 질문에 쑤밍은 드래곤의 모습인 채로 눈웃음을 지었다.

"진짜 금연하시는 거라면 왠지 안 어울리네. 나름대로 그분만의 개성이었는데 말이야."

"그래도 담배 냄새는 좀 싫었어. 나에겐 스승님의 머리색 다음으로 강한 기억이거든."

"정말? 난 별로 못 느꼈는데."

"후각이 관대하구나."

쑤밍이 다시 눈웃음을 지었다.

"그러고 보니 너랑 나 모두 스승님과 휀 라디언트님을 함께 뵀었네?"

"응. 난 라디언트님을 먼저 뵀었고, 넌 같은 날 같은 장소에서 그분을 뵀었고. 이것도 참 신기한 인연인 것 같아."

루이체는 휀과의 첫 만남을 굳이 기념하고 싶진 않았다. 그와 처음 만난 장소가 바로 부모의 장례식장이었기 때문이다.

사실 그것은 쑤밍도 마찬가지였다. 둘은 리오의 손에 길러졌다는 것 외에도 부모를 잃은 직후에 휀을 만났다는 공통점을 갖고 있었다.

"만약 너와 나, 둘 중에 한 명이 라디언트님 밑에 있었다면 이렇게 같이 다닐 수 있었을까?"

쑤밍이 물었다.

루이체는 잠시 생각한 뒤 씩 웃었다.

"라디언트님께서 나를 리오 오빠에게 데려다주시면서 하신 말씀이 있어."

"뭔데?"

"너는 그를 완성시킬 수 있다, 라고 하셨지. 아직까지 무슨 말인지는 잘 모르겠지만 왠지 마음에 닿았었어."

"느낌은 좋네."

"그렇지?"

둘이 함께 웃었다.

연기의 모습으로 묵묵히 루이체와 쑤밍을 지켜보던 케롤은 갑자기 본래의 모습으로 돌아와 이마를 손으로 눌렀다.

'둘 다 너무 철이 없으시네요. 리오님께서 왜 저를 저 계집애들에게 붙였는지 이유를 알 것 같아요.'

그는 한숨까지 쉬었다.

'이번에는 저도 조금 진지해져야겠어요.'

품에서 자신의 교신기를 꺼낸 케롤은 문제의 용족이 살고 있다는 '불꽃의 계곡'을 악마들이 쌓아온 자료 안에서 검색해 봤다.

'멀쩡하게 살아 있을지 궁금하네요. 추정연령 3,900세의 용족, 카일로스도 렘런트들에게 당했잖아요?'

이윽고 검색 결과가 교신기의 화면에 떠올랐다.

'우와, 주인공은 카이리 블랙테일이었어요! 게다가 불꽃의 계곡은 그가 지배하는 블랙테일 부족의 둥지, 아니, 부락이고요!'

교신기를 든 케롤의 손이 파르르 떨렸다.

"저어, 쑤밍 아가씨?"

"예?"

쑤밍의 눈이 그에게 향했다.

"혹시 '카이리 블랙테일' 이라는 이름의 용족을 아시나요?"

케롤의 질문에 쑤밍은 싱거운 미소를 지었다.

"못 들은 걸로 하겠지 말입니다."

케롤은 뒷목이 쓰렸다.

"이, 이봐요! 철없이 행동하지 마세요! 이건 우리 일이라고요!"

"예?"

별 탈 없이 날아가던 쑤밍이 당황하여 우뚝 멈췄다. 그 바람에 쑤밍의 등에 엎드려 있던 루이체가 관성에 의해 튕겨 날아가고 말았다.

"우악!"

천사답게 공중에서 멈춘 루이체는 부리나케 케롤의 멱살을 잡았다.

"무슨 짓이야!"

"우욱, 제가 뭘 잘못했다고 이러세요?"

"왜 쓸데없는 말로 쑤밍을 놀려! 나도 하마터면 큰일 날 뻔했잖아!"

"억지 부리지 말고 좀 놔요! 애도 아니고!"

루이체의 손을 가볍게 뿌리친 케롤은 흐트러진 흰색 셔츠와 붉은 턱시도를 다시 폈다.

"그 수인들을 괴롭힌 용족이 아무래도 '카이리 블랙테일'인 것 같아요! 진짜라면 이건 큰일이라고요!"

"카이리? 그게 누군데!"

"홍이에요! 당신 친구에게 여쭤보세요!"

"뭐라고?"

케롤과 맞서던 루이체는 조금 뒤 자신들을 인형처럼 핏기 없이 바라보고 있는 쑤밍에게 눈을 돌렸다.

"쑤밍! 카이리 블랙테일이 누구야!"

루이체가 고함을 질렀다.

그녀와 케롤은 눈빛이 사라진 쑤밍의 모습에 흠칫했다.

"아, 아니야. 그럴 리가 없어. 그 카이리 블랙테일일 리가 없어."

쑤밍이 고개를 좌우로 저었다.

"카이리일 리가 없다니?"

친구의 물음에 쑤밍의 머리가 더욱 빨리 움직였다.

"이쪽으로 올 때 카이리에 대한 이야기는 듣지 못했어. 우리 용제님께서 그러셨다고!"

쑤밍이 부정하자 케롤과 루이체의 표정이 엇비슷해졌다.

'더 의심스러워!'

셋은 꼼짝도 하지 않고 서로를 살폈다.

결국 쑤밍이 인간의 모습으로 돌아왔다. 그녀는 자신의 교신기를 꺼내 불꽃의 계곡에 대한 정보를 탐색해 봤다.

조금 뒤, 그녀가 자신의 교신기를 들어 케롤에게 돌진해 왔다.

"이걸 보시지 말입니다! 불꽃의 계곡에 대한 정보는 그 어디에도 없지 말입니다!"

"아, 이런 순진한 아가씨를 봤나요?"

케롤이 교신기 한가운데에 빨갛게 뜬 문구를 손으로 가리켰다.

"좀 읽어보시겠어요?"

"저, 접근 권한 없음이지 말입니다."

"그렇다면 뭔가 있다는 말이겠죠? 어떻게 생각해요, 쑤밍 아가씨?"

쑤밍의 표정이 격앙됐다.

"우, 우리 용제님의 뜻은 어길 수 없어요."

"아우, 답답해요!"

케롤은 자신의 교신기 끝에서 긴 선을 뽑아낸 뒤 쑤밍의 교신기에 접촉시켰다.

"이봐, 뭐 하는 거야!"

루이체가 말리려 하자 케롤이 보이지 않는 힘을 이용해 그녀를 구속했다.

"좀 가만히 있어봐요."

"으윽!"

루이체는 자신이 알고 있는 마법 지식과 완력을 총동원해 케롤의 힘에서 벗어나려 했다. 하지만 케롤이 가하고 있는 힘이 워낙 강해서 팔뚝만 저릴 뿐이었다.

"계속 잊고 계신 것 같은데, 제가 좀 등급이 높은 악마거든요? 혹시라도 제가 뒷일 생각 안 하고 나쁜 마음을 품는다면 아가씨들 모두 무사하지 못할 거예요."

그것은 부정할 수 없는 사실이었다.

"안 됩니다! 교신기를 돌려주십시오!"

쑤밍이 검을 들었다. 씁쓸한 눈빛으로 그녀를 본 케롤은 어이없어했다. 쑤밍의 얼굴은 수치심으로 인해 완전히 울상이 되어 있었다.

"거기엔 제 사생활도 들어 있지 말입니다!"

할 말을 잃은 케롤은 한숨을 쉬며 쑤밍의 교신기를 돌려주었다.

"임무를 위해서 지급받은 게 아니었나요?"

쑤밍은 등 뒤에 교신기를 감춘 뒤 묵비권을 행사했다.

"뭐, 알았어요. 그럼 아가씨들에게 카이리 블랙테일에 대한 얘기를 해줄게요."

루이체까지 풀어준 그는 자신의 교신기를 펼쳐 화면을 띄웠다.

"자료가 어디 있더라?"

케롤은 딴청을 피우면서 아까 쑤밍의 교신기에서 몰래 훔친 자료들을 슬그머니 살펴봤다.

'사생활이라······.'

이윽고 그의 하얀 얼굴이 실망감으로 물들었다.

'훈련 스케줄에, 체중 체크에, 일기에… 뭐야, 소설도 썼잖아요? 문체는 둘째치고 인물들의 감정을 못 살리네요. 이걸로 먹고살긴 힘들겠어요.'

내심 비웃던 그의 눈에 어떤 자료가 확 들어왔다.

'몰래 찍은 리오님의 모습!'

그는 보물을 발견한 탐험가처럼 씩 웃었다.

"뭘 그렇게 웃으면서 찾아요?"

루이체가 불편해했다. 퍼뜩 정신을 차린 케롤은 헛기침을 한 뒤 자신의 하얀 장발을 쓸어 넘겼다.

"집중할 때의 제 버릇이에요."

"정말 불쾌한 버릇이군요."

지금 루이체는 케롤이 아무리 옳은 말을 해도 딴죽을 걸고 싶은 심정이었다.

"그럼 잘 들으세요."

그가 이야기를 시작했다. 카이리 블랙테일 및 블랙테일 부족에 대해 전혀 모르는 루이체는 쑤밍과 어깨를 바짝 붙인 채 집중했다.

"블랙테일 부족은 블랙 드래곤들 중에서 가장 이단적 성향의 부족이에요. 인간은 물론 악신계와 선신계를 가리지 않고 공격할뿐더러 서룡족의 법을 무시하기도 일쑤죠. 아마 용제님께서도 그들을 소집하신 일이 없으실 걸요?"

"그, 그렇지 말입니다."

쑤밍이 고개를 끄덕거렸다. 이야기가 계속될수록 그녀의 표정은 점점 더 안 좋아졌다.

케롤은 그녀를 지켜보며 말을 이어나갔다.

"블랙테일 부족의 족장이 바로 카이리 블랙테일이죠. 블랙테일을 이끄는 세 자매 중 첫째예요."

"자매? 여자였나요?"

"그렇죠. 흠, 역시 리오님과 함께 올 걸 그랬죠?"

"…무슨 의미죠?"

루이체와 케롤이 눈싸움을 벌였다.

　"활을 쏘는 실력은 서룡족과 동룡족을 포함해서 최고일 거예요. 나이도 9,000살이 넘기 때문에 저보다 강했으면 강했지 못하진 않을 거예요."

　"9,000살? 그럼 할머니잖아요?"

　"글쎄요?"

　케롤이 슬쩍 웃었다.

　"그럼 카이리 블랙테일의 동생들은요?"

　"둘째인 카뮤 블랙테일은 창의 고수죠. 카이리 블랙테일의 쌍둥이인데다가 싸움 실력도 엇비슷해요. 카이리처럼 서룡족의 법규를 마구 어기는 면은 없지만 자매끼리 사이는 좋다고 해요. 오히려 지나칠 정도로 아낀다고나 할까요?"

　"아껴요? 왜요?"

　루이체가 물었다.

　"그건 저도 몰라요. 제 교신기 내에도 정보가 없는 것을 보니 쓸모없는 사생활인 것 같네요."

　"흠."

　루이체는 궁금증에 한숨을 쉬었다.

　"제가 알지 말입니다."

　쑤밍이 입을 열었다.

　"원래 활은 카뮤님께서 훨씬 더 잘 다루셨습니다. 그런데

어리실 적에 사고를 당하시면서 활을 지탱해야 할 왼손의 감각이 조금 무뎌지셨습니다. 초기에 제대로 된 치료만 받으셨으면 괜찮으셨겠지만 그럴 여건이 아니었다 생각됩니다."

"호오."

케롤은 흥미를 갖고 경청했다. 사연에 대한 관심이 아니라 악신계에 없는 정보에 대한 흥미였다.

"이후 카뮤님은 손이 낫는 대로 창을 잡으셨지 말입니다. 그리고 선대 블랙테일 족장이 알 수 없는 이유로 죽은 뒤, 카이리님과 더불어 블랙테일 부족을 맡으셨습니다."

"그럼 막내는?"

질문한 루이체의 눈동자가 흥미로 반짝거렸다.

"셋째인 카야스님은 원래 전룡단 소속이었대. 하지만 전대 족장, 그러니까 부친의 사망 소식을 접한 이후 전룡단을 떠나셨지. 그렇게 모인 세 자매는 부족을 이끌고 세계 이곳저곳을 떠돌기 시작하셨어."

이야기를 들은 케롤은 머리카락 안으로 손을 넣어 뒷목을 만졌다.

'왜 떠돌아 다녔을까요? 우리가 가진 정보에 의하면 서룡족은 그들을 토벌한 적이 단 한 번도 없었어요.'

그가 주변을 봤다.

'그리고 왜 이 세계에 있는 걸까요? 하필이면 말이죠.'

케롤이 두 팔을 벌렸다.

"자, 상황은 대충 파악됐으니 불꽃의 계곡으로 다시 가보죠. 설마 쑤밍 아가씨가 계시는데 우릴 죽이기야 하겠어요?"

"저는 태생이 동룡족이라 혹시 모르지 말입니다."

대답한 쑤밍은 겁에 질려 있었다.

"아, 그리고 전 악마네요."

분위기가 다시 냉각됐다.

"일단 가보죠! 설마 잎사귀 몇 장 따는데 문제라도 있겠어요? 그리고 우리가 위기에 빠지면 당연히 리오님께서 구하러 오시겠죠!"

루이체가 인상을 썼다.

"당신, 우리 오빠를 지나치게 좋아하는군요? 무슨 계기라도 있나요?"

"당연히 있죠."

케롤이 밝게 웃었다.

"제 큰아버지를 잿더미로 만들어주셨거든요."

그 대답에 루이체와 쑤밍의 표정이 핼쑥해졌다. 케롤은 안심하라는 뜻으로 손을 저었다.

"웃훙, 너무 그렇게 진지하게 생각하지 마세요. 큰아버지는 제 어머니의 목숨을 빼앗은 원수거든요."

딴죽을 걸기에는 너무 무거운 이야기였기에 루이체는 가

만히 있었다.

그로부터 20여 분 정도를 비행으로 이동한 케롤과 루이체, 쑤밍은 불꽃의 계곡 속에 일반 생물들이 안을 들여다볼 수 없는 특별한 결계가 자리 잡고 있는 것을 발견했다.

결계의 크기는 아주 작은 촌락이 들어갈 정도였다.

케롤은 결계의 근처를 확인했다. 외부로 드러난 감시 인원은 보이지 않았다.

결계와 근접한 바위의 틈새 사이에 자리를 잡은 그는 결계의 성질을 분석해 봤다.

"다행히 마법으로 만들어진 건 아니네요. 서룡족의 기술로 만들어진 기계식 결계라 몰래 들어가긴 쉬울 것 같아요."

케롤은 마력을 발휘하여 결계를 조금씩 깎았다.

옆에서 그의 작업을 구경하던 루이체와 쑤밍의 얼굴에 불쾌감이 올라왔다.

"당신, 이런 일에 너무 익숙한데요?"

케롤이 기침을 쿨럭 터뜨렸다.

"제가 디아블로님의 훌륭한 부하 중 한 명이라는 사실을 의도적으로 잊어버리시네요."

루이체와 쑤밍은 좌우로 고개를 돌려 그의 시선을 피했다.

케롤의 작업이 계속됐다.

"그보다 이 결계는 대체 어떻게 된 걸까요? 이 정도면 최신

기술 아닌가요?'

질문의 대상은 쑤밍이었다.

그녀의 표정이 상기되었다.

"저, 저는⋯⋯."

"예?"

"저는 기계 잘 모르지 말입니다."

순진한 얼굴로 그런 말을 하니 케롤도 답답했다.

'제가 왜 여기 있는 걸까요?'

그는 후회를 하며 작업을 계속했다.

조금 뒤, 결계에 사람이 겨우 통과할 수 있는 구멍이 뚫렸다. 셋은 그 구멍을 통해 재빨리 안으로 들어갔다.

결계 안에 숨겨져 있는 것은 마을이었다. 가옥은 나무와 흙으로 지어진 것이 아니라 강철과 그 외의 합성 소재를 이용해 만들어진 기계의 느낌을 풍기고 있었다.

마을의 용족들은 전부 검은 옷을 입고 있었다. 옷의 종류와 형태는 용병들처럼 각자의 취향에 맞추고 있었지만 그 색깔만큼은 똑같았다.

케롤은 마을 안에서 느껴지는 용족의 수를 세어봤다.

"정말 많네요. 대충 살펴봐도 50명 가까이 돼요."

항상 간드러지던 그의 목소리에 긴장감이 넘쳤다.

망원경을 사용해 마을을 살피던 루이체도 숨을 조용히 내

쉬었다.

"다들 몸들이 장난 아니네요."

"전부 전룡단 수준이야. 남녀가 모두 있지만 아이가 없어. 민간인은 보이지도 않아."

쑤밍은 거의 얼어 있었다.

"저건 부족이 아니라 군대야."

"그, 그런 것 같네."

루이체는 이 일이 잎사귀 몇 개를 따는 것으로 끝나지 않을 것 같은 느낌을 받았다.

"군대라는 말이 맞네요. 마을이라기보다는 주둔지에 가까워요. 갖추고 있는 장비들 가운데에는 우리에게 보고된 적이 없는 최신형도 존재해요. 여기저기 널린 골렘들, 보이시죠?"

케롤의 지적에 쑤밍이 눈을 게슴츠레 뜨고 마을 전체를 다시 봤다.

건물 옆이나 마을 바깥쪽에 상자 같은 것들이 놓여 있었다. 상자의 뚜껑 한가운데에는 동그란 녹색의 보석이 박혀 빛을 발했다.

쑤밍은 그것이 서룡족의 노역용 골렘, 즉 기계인형에 쓰이는 렌즈보다 조금 상위 급의 물건임을 늦게 알아차렸다.

"정말 그렇지 말입니다! 하지만 저런 형태의 골렘은 수도에서도 본 일이 없지 말입니다!"

"음……. 서룡족은 골렘을 전투에 쓰는 법이 없다고 들었는데 저기 있는 골렘들은 어느 정도 무장이 되어 있네요. 겉에 사용된 소재도 꽤 고급이고요."

케롤은 교신기로 골렘들의 모습을 찍었다.

"쑤밍 아가씨, 저들에 대해 정말 아는 바가 없나요?"

"어, 없지 말입니다."

"불쾌할 정도의 무식이네요."

그가 참지 못하고 내뱉자 쑤밍의 얼굴이 빨개지고 루이체의 얼굴에 씁쓸한 미소가 번졌다.

"흥, 그럼 이제 어떻게 해야 하는지 말씀 좀 해보시죠?"

"원하신다면."

케롤은 말라비틀어진 나뭇가지를 이용해 악마들이 사용하는 마법진을 그렸다.

"마법을 순간적으로 이용하는 방법에는 여러 가지가 있어요. 악마들이나 천사들을 인간계로 불러들이는 소환술이 어떤 원리를 가지는지 잘 아시죠?"

둘은 알면서도 입을 열지 않았다. 케롤이 싫어서라기보다는 뭔가 떠오르긴 하는데 입 밖으로 나오지 않아서였다.

"저의 리오님이 당신들을 키우느라 얼마나 고생하셨을지 감이 안 오네요."

둘이 이를 악물었다.

"아무튼 선물로 좋은 걸 알려 드리죠. 사용자가 신이 아닌 한, 마법을 사용하기 위해서는 반드시 마력이 먼저 발산되어야만 해요. 리오님 정도면 인간의 수준에선 거의 동시로 보이지만 제 수준에선 주문 완성의 속도가 대응이 힘들 만큼 빠를 뿐, 법칙은 동일하게 적용되죠."

"헤에."

무관심한 목소리가 루이체의 입에서 나왔다. 케롤은 치욕감을 느꼈으나 쑤밍이 열심히 듣고 있는 터라 설명을 도중에 중단할 수가 없었다.

"반면 소환술은 인간이 쓰더라도 사용된 이후에 마력이 발산된답니다. 그래서 수준 높은 소환사의 경우에는 그 위치를 쫓기가 힘들어요."

마법진을 다 그린 케롤은 나뭇가지를 버린 뒤 손을 앞으로 모았다. 그의 손과 손 사이에 블랙테일 부족의 마을이 들어왔다.

"고위 악마들에게는 마법과 소환술을 강제로 접목시키는 기술이 있답니다."

"예?"

"정말 어려운 건데, 확실히 배우지 못하면 디아블로님의 직속부대 대장이 되지 못해요."

그의 황색 눈동자가 하얗게, 그리고 흰자위가 검게 변했다.

얼굴에는 악마다운 미소가 꽃폈다.

"시범을 보여 드리죠!"

그의 외침에 쑤밍이 뜨끔했다.

"기다리시지 말입니다! 지금 쓰시면 저기 계신 용족 분들이!"

"알게 뭔가요!"

그가 앞에 모은 두 손으로 마법진을 내려쳤다. 그의 동작을 붉은색 잔광이 어지러이 뒤쫓았다.

마법진에서 빛이 올라옴과 동시에 검은색의 불꽃이 튀어 올라 블랙테일 부족의 마을로 돌진했다.

하늘을 가로지른 빛이 마을 중심부에서 폭발했다.

루이체와 쑤밍은 폭발로 인해 여기저기로 날아가는 용족들의 모습을 보고 경악했다.

"아아, 아아아……!"

신음한 쑤밍은 다리까지 풀려 땅에 주저앉았다.

아비규환을 만든 장본인, 케롤은 온전한 눈동자를 되찾은 뒤 붉은색 혀로 입술을 핥았다.

"웃흥, 이제 잎사귀라는 걸 따러 갈까요?"

검은색 연기로 변한 그가 마을로 날아갔다.

블랙테일 부족의 족장, 카이리 블랙테일이 낮잠에서 깨어난 것은 케롤의 마법이 폭발한 직후였다.

상의를 벗은 채 침대에 누워 있던 그녀는 생기 넘치는 갈색의 피부를 검은색의 타이트한 가죽옷으로 감쌌다.

'소환식 마법? 악마인가?'

그녀의 손가락이 짙은 주황색 머리카락 사이에서 헤엄쳤다.

진한 속눈썹이 잠을 털어내듯 파르르 떨렸다.

'고위급 악마 하나에 좀 덜떨어진 선신계 천사 하나, 그리고 동룡족 한 명? 이 특이한 구성은 뭐지?'

그녀의 생각이 끝나기 무섭게 검은 갑옷의 청년이 그녀의 막사 안으로 쳐들어왔다.

"족장님! 기습입니다!"

"알고 있어."

그녀는 가죽옷의 지퍼를 올려 몸을 완전히 가렸다.

"우리 피해는?"

"사망한 자는 없지만 수도 파이프가 모조리 파괴됐습니다!"

"그럼 적은 몇 명이지?"

"아직 알 수 없습니다!"

"부족한 놈. 셋이다."

그녀의 지적에 용족 청년이 움찔했다.

"내가 화장할 동안 골렘들을 깨워서 응전하도록 해. 악마

대처용 및 교란용으로 맞춰놓으면 조금은 버틸 거야."

"예? 저희가 직접 대응하는 편이 낫지 않겠습니까?"

"우리를 죽일 생각이었다면 마법 말고 다른 수를 썼을 거야. 기습한 놈들 중에 하나가 고위급 악마인데, 너희처럼 넋놓고 돌아다니는 놈들 중 한두 명을 못 죽일 것 같아?"

"죄송합니다!"

"됐으니 어서 나가. 네가 뭔데 내가 화장하는 모습을 봐?"

"시, 실례했습니다!"

청년이 곧장 문을 닫고 나갔다.

카이리는 화장대에 앉았다. 기초 화장을 끝낸 뒤 연필과 비슷한 화장품으로 눈가를 진하고 날카롭게 채웠다.

"수인들이 오지 않아서 심심하던 차였는데 이상한 애들이 와버렸네. 또 카뮤와 카야스 몰래 혼자 즐기게 됐는데?"

그녀가 키득거렸다.

그녀가 화장을 하는 동안 막사 밖에서 골렘이 터지는 소리와 용족의 비명이 연신 터졌다.

'실력이 좋은 악마군. 우리 애들을 죽이지 않고 있어.'

이어서 그녀가 신 것을 씹은 듯 인상을 찌푸렸다.

'뒤따라온 선신계 천사와 동룡족은 뭐지? 그렇게 어물쩍거리다가는 골렘한테 당할 텐데?'

그녀의 감각이 보여주는 모습 속에서, 동룡족으로 확인된

자가 갑자기 빠르게 움직였다. 대검을 이용하여 골렘 하나를 부수는 동작이 카이리를 자극했다.

'실력이 없는 건 아니었네? 그런데 동룡족이 왜 저런 검을 쓰지? 동작도 꽤 익숙한데?'

화장을 하는 그녀의 손이 조금 바빠졌다.

화장을 마친 카이리는 막사 내 무기고에서 날이 두꺼운 단검과 그녀 자신의 키만큼이나 큰 검은색 활을 꺼낸 뒤 막사 밖으로 나갔다.

그녀의 눈에 엉망으로 널브러진 골렘들의 잔해와 기절하여 쓰러진 남녀 용족들이 보였다.

"밥값도 못하는 것들 같으니."

그녀가 한탄했다.

"족장님!"

카이리의 막사 앞을 사수하던 젊은 여성 용족이 안도했다.

"저 악마입니다! 부대장 급들까지 나서봤지만 말릴 수가 없습니다!"

"흠."

카이리는 전투용 낫을 들고 활개 치는 붉은색 턱시도의 악마, 케롤을 살펴봤다.

뿔테 안경을 쓴 그 악마는 낫으로 용족들을 한꺼번에 상대하고 있었다.

집중 공격을 받나 싶으면 검은색 연기로 변해 밖으로 빠진 뒤 낫의 머리 부분과 자루 끝을 이용해 하나둘씩 기절시켰다.

카이리는 그가 움직일 때마다 찰랑거리는 하얀 장발을 눈여겨봤다.

"머리카락을 어떻게 관리하면 저렇게 깨끗하지?"

"네?"

"음, 아냐."

카이리는 소매에 달린 주머니에서 붉은색의 담배를 꺼내 입에 물었다.

'복장, 낫, 싸움의 방식……. 그래, 디아블로의 부하로군. 직속부대 대장이겠지. 그들 가운데에서도 뛰어난 편일 거야. 그런데 왜 우리 동네에서 설치지?'

그녀는 불붙은 담배를 힘껏 빨았다.

'악마 다음에… 천사와 동룡족인가?'

서룡족을 뜻하는 그녀의 파란색 눈동자가 담배 연기 속에서 좌우로 움직였다.

'저기 있군.'

그녀는 마을 구석에 거의 숨어 있다시피 한 루이체와 쑤밍을 손쉽게 발견했다.

'어라? 쑤밍이잖아?'

그녀가 씩 웃었다.

'오호라, 그렇군. 그래서 동작이 익숙했던 거군.'

상황을 조금 걱정하던 카이리가 씩 웃었다.

"족장님."

옆에 있던 용족 여성이 그녀를 불렀다.

"대처해야 하지 않겠습니까?"

"네가 가."

"조, 족장님!"

"아아, 알았어. 이것 좀 마저 피울게."

대답한 카이리는 루이체와 쑤밍을 향해 팔을 흔들었다.

숨어 있던 둘은 카이리의 그 반응에 움찔했다.

"으악! 들켰어!"

루이체는 안절부절못했다.

"우와……."

반면 쑤밍은 감탄했다.

"진짜 카이리님이야."

루이체는 어린아이처럼 가슴을 두근대는 친구의 정신 세계를 이해하기 힘들었다.

이윽고 카이리가 담배꽁초를 옆으로 던졌다. 꽁초는 날아가던 도중 전소(全燒)되어 사라졌다.

"슬슬 혼을 내줄까?"

카이리는 케롤 쪽으로 걸으며 다시 한 번 마을을 살폈다.

마을은 격파된 골렘과 기절한 용족 젊은이들로 인해 엉망이었다. 결계는 겉으로 봐서 온전했으나 그녀는 케롤이 뚫고 들어온 부분을 걱정했다.

"이봐."

"예, 족장님!"

카이리를 뒤따르던 여성 용족이 크게 응답했다.

"결계를 껐다가 다시 켜. 저 녀석들이 뚫어놓은 구멍이 아직 있을지도 몰라."

"곧장 시행하겠습니다!"

부하를 떠나보낸 카이리는 뒷목을 주무르며 케롤에게 바짝 다가갔다.

"블랙테일!"

그녀가 부족의 이름을 외치자 케롤과 대치하던 용족들이 일제히 그녀 쪽을 돌아봤다.

"족장님!"

"꼴사납게 뭐 하는 짓들이야! 손님맞이는 제대로 하라고 그렇게 가르쳐 줬잖아!"

"죄송합니다!"

"죄송할 짓을 왜 해, 머저리들아!"

용족들의 기세가 단숨에 바닥으로 내리꽂혔다.

"기절한 애들 데리고 당장 빠져!"

"예, 족장님!"

용족들이 무기를 거두고 그녀의 지시에 따라 움직였다.

주황색 머리의 카이리와 마주한 케롤은 아까 어떤 용족에게 맞아 조금 붉게 변한 오른쪽 볼을 손등으로 만지며 호흡을 가다듬었다.

'세상에……'

그가 자신도 모르게 웃었다.

'이거 아무래도 잘못 걸린 느낌이네요.'

케롤이 직접 느낀 카이리의 분위기는 정말 용족이 맞나 싶을 정도로 강력하고 빈틈없는 기운의 소유자였다. 그 분위기는 그녀가 9,000여 년을 살아오면서 쌓은 경험도 한몫하고 있었다.

화장 때문에 좀 더 매서운 눈초리가 된 카이리는 케롤을 지켜보면서 활을 들었다.

"어이, 꼬마. 어디 소속이지? 느낌상으로는 디아블로의 부하 같은데?"

"그렇지요!"

케롤은 긴장을 풀 겸 자신을 소개했다.

"저는 위대하신 악마왕 디아블로님의 직속부대 소속 대장, 케롤라흐 람 트리비터입니다!"

"트리비터? 호오, 트리비터 가문의 꼬마였군. 네가 첫째인가?"

"차, 차남입니다."

"그렇군. 그 정도면 악마들 사이에서도 상당한 엘리트인데 왜 우리 동네에 와서 장난을 치는 거지? 우리가 그렇게 쉽게 보였나?"

"부탁을 받았지요."

"부탁?"

"수인들이 검은 꽃의 잎사귀라는 걸 가져다달라더군요. 혹시 갖고 계신가요?"

"이 애송이가!"

카이리가 송곳니를 드러내며 화를 냈다. 그녀 스스로 억제하고 있던 살기의 일부가 흘러나오면서 케롤의 어깨가 찌릿 흔들렸다.

"겨우 그 풀 쪼가리 때문에 고위 악마가 블랙테일 부족의 마을을 쳤다고? 거짓말하지 마라!"

"서, 설득력이 없다는 건 인정해요! 하지만 수인들이 이곳에 직접 올 수 있는 상황이 아니었다고요!"

"올 수 없는 상황이었다고?"

"예! 어떤 녀석들에게 도시를 습격당해서 거지꼴이 되어 있었죠!"

카이리는 부하들을 둘러봤다.

그녀의 부하들은 고개를 저었다. 아직 접하지 못한 정보라는 뜻이었다.

"좀 더 자세히 말해줄래?"

"그것 말고는 없다니까요?"

"호오, 그래? 아무래도 곱게 실토할 놈이 아닌 것 같군. 일단 생포해서 진짜 이유를 털어놓을 때까지 귀여워해 주지."

"순순히 잡혀 드릴 수는 없어요!"

케롤이 낫을 앞세워 돌진했다.

활을 가진 상대에게 있어서 가장 난감한 상대는 화살에 맞는 것을 각오한 채 저돌적으로 밀고 들어오는 적이었다.

케롤의 커다란 낫이 다른 용족들의 감각 범위를 넘어설 정도의 속도로 움직였다. 그의 유능함을 증명하는 부분이었다.

그런데 카이리는 왼손에 여전히 활을 들고 있었다.

'무슨 생각이지?'

케롤이 궁금해하는 찰나, 카이리가 둔부 위쪽에 차고 있던 단검을 뽑아 케롤의 낫을 막아냈다.

낫이 덜커덕 걸리자 케롤이 흠칫 놀랐다.

'별것 아닌 단검인데, 왜?'

그는 차분하게 다음 동작을 이어나갔다. 낫의 자루와 칼날의 등, 그리고 칼날 뒤쪽에 붙은 해머를 이용해 연속해서 카이리를 공격했다.

카이리는 그 모든 공격을 단검으로 막아내고 흘려버렸다.

"그 단검, 서룡족 군대에서 병사들에게 지급하는 단검 아닌가요?"

케롤이 어이없다는 투로 물었다.

"맞아. 하지만 불량품이지. 칼날 두께가 두 배거든. 그래도 쓰는 데는 아무 지장 없어."

낫의 해머 부분을 단검으로 막아낸 카이리는 낫의 경사를 따라 단검의 날을 미끄러뜨렸다. 낫을 잡고 있는 케롤의 손가락을 노린 공격이었다.

"우훗!"

얼른 물러난 케롤은 낫을 크게 돌려 반격했다.

하지만 카이리는 그가 낫을 휘두르려는 그 순간에 맞춰 뒤로 멀찌감치 간격을 만들고 있었다.

그녀는 오른손에 단검을 쥔 채 활시위를 당겼다. 활 전체가 진동하면서 빛의 화살이 나타났다.

낫을 휘두르는 도중에 활시위가 당겨지는 모습을 본 케롤은 머릿속이 하얗게 변했다. 도저히 피할 수 있는 상황이 아니었다.

"컥!"

불꽃이 튀기는가 싶더니 케롤이 저편으로 날아갔다. 화살을 날렸던 카이리는 어이없다는 표정을 지었다.

"어라, 막아냈네?"

"으......!"

날아가 쓰러졌던 케롤이 다시 일어났다.

그는 가슴을 부여잡았다.

그의 턱시도 오른쪽 어깻죽지부터 왼쪽 가슴 아래까지 긴
상처가 나 있었다. 악마인 탓에 출혈 등의 상황은 없었으나
정신적인 충격은 이만저만이 아니었다.

그는 카이리가 두꺼운 단검을 이용하여 자신의 낫을 완벽
하게 틀어막을 것이라고는 전혀 예상하지 못했다.

'제가 파고들려고 했는데, 단검을 이용해서 거꾸로 저에게
파고들어 왔어요!'

그와 반대로 카이리는 케롤이 가진 수단이 무엇인지 거의
다 알고 있었다.

'게다가 화살의 압력이 너무 강해요!'

카이리가 쏜 화살은 실로 막강한 능력을 갖고 있었다.

케롤이 항상 사용하고 있는 수천 겹의 결계를 단숨에 뚫었
을 뿐만 아니라 그가 입고 있는 턱시도의 물리적 방어 능력도
무시했다.

만약 화살을 맞는 순간 케롤이 자신의 뒤쪽을 지키는 결계
를 옮겨 앞쪽을 지키는 결계와 중첩시키지 않았으면 그의 몸
은 맹수에게 당한 작은 동물처럼 찢겨 조각났을 것이다.

'강하기도 강하지만, 저 정도 속도라면 제가 마법을 쓰려는 순간에 머리가 날아갈 거예요!'

카이리는 완전히 긴장한 케롤을 보며 시위를 당겼다. 아까와 마찬가지로 빛의 화살이 시위에 걸렸다.

"악마를 사냥하는 건 오래간만인데 말이야."

그녀가 화살 한 발을 날렸다.

케롤은 낫으로 화살을 막아냈다. 막는 즉시 그의 낫이 대포알에 맞은 무쇠 기둥처럼 비명을 질렀다.

허리가 반쯤 젖혀진 케롤은 있는 힘을 다해 중심을 잡았다.

'지금의 모습으로는 안 될 것 같아요!'

그가 연기로 변해 접근하려 하자 카이리는 한숨을 쉬었다.

"나를 아직도 무시하네?"

그녀의 화살이 연기가 된 케롤을 관통했다. 몸의 구성 자체를 바꾼 덕에 케롤은 아무런 피해도 입지 않았다.

그러나 카이리는 화살만으로 악마를 잡는 방법을 누구보다 잘 알고 있었다.

그녀가 활시위를 아주 빠르게, 반복하여 튕기자 그 횟수에 맞춰 대량의 화살들이 날아갔다. 그 화살의 소나기로 인해 연기로 변한 케롤의 몸이 차츰 흩어져 희미하게 변했다.

그녀가 든 활은 사용자의 기력이나 마력을 화살의 모습으로 실체화시키는 특징을 갖고 있었다.

하지만 그 활은 그녀만이 갖고 있는 엄청난 보물이 아니었다.

'저건 전룡단에 지급되는 특수 작전용 활인데?'

쑤밍의 눈은 정확했다.

'저 활이 저렇게 대단한 무기였나?'

그녀가 아는 한도 내에서, 케롤은 저 활에 간단히 유린당할 만큼 나약한 존재가 아니었다.

한편, 케롤은 몸이 흩어지는 고통을 이겨낸 끝에 가까스로 낫이 닿는 위치까지 접근했다.

연기 속에서 케롤의 낫이 불쑥 튀어나왔다.

"당해보세요!"

그가 그 붉은색의 큰 낫을 휘두르려는 찰나, 카이리가 자신의 발 앞에 화살 한 발을 쐈다. 그 반동에 카이리의 몸이 뒤로 튕겨져 날아갔다.

가볍게 몸을 틀어 착지한 카이리는 다시 벌어진 간격을 즐기며 화살을 계속 날렸다.

막막함이 케롤의 마음을 짓눌렀다.

"용족 중에 저런 사람이 있었구나."

감탄하는 루이체의 얼굴은 파랗게 질려 있었다.

"나도 강한 분이라는 이야기는 들었는데, 이렇게 압도적일 줄은……."

말끝을 흐린 쑤밍은 카이리가 정확히 어떤 일을 하는 용족인지 궁금했다. 그녀뿐만 아니라 블랙테일 부족 전체가 그냥 해적이라고 보기에는 실력과 정신 상태, 장비 모두 훌륭했기 때문이다.

결국 연기의 모습에서 본래의 모습으로 돌아온 케롤이 무릎을 땅에 대고 말았다.

"헉, 헉……."

활과 화살이라는 무기가 이 정도의 압박감을 줄 수 있다는 사실을 새롭게 깨달은 그는 숨을 힘겹게 몰아쉬었다.

화살 끝을 케롤에게 맞추고 있던 카이리가 문득 활을 내렸다.

"다시 기회를 줄게. 네가 말한 수인족이란 황금여우 부족이겠지? 그들에게 생긴 문제에 대해 말해봐."

"흥. 제가 이런 말을 하긴 그렇지만 당신에게 그들을 걱정할 자격이 있나요? 그들이 잎사귀를 구하기 위해 올 때마다 번번이 괴롭혔다면서요?"

"마을에 들여놓을 순 없었거든. 그리고 딱히 즐길 거리가 그것밖에 없기도 했고."

카이리가 피식 웃었다.

"하지만 죽인 적은 없어. 꼬리로 잘못 쳐서 치명상을 입은 녀석이 하나 있었는데, 그마저도 곱게 치료해서 돌려보냈지.

그리고 이상한 건 그 녀석들이야."

그녀는 한숨을 쉬었다.

"검은 꽃이라고 했나? 그 꽃의 잎사귀가 그렇게 필요하면 씨앗을 가져가서 키우면 될 거 아냐? 왜 계속 그런 병정놀음을 하는 거지? 이해가 안 돼."

그녀가 다시 활을 들었다.

"아직도 실토할 생각이 없다면 어쩔 수 없지. 피를 좀 봐야겠어."

"으윽!"

케롤이 다시 일어났다.

그의 전투 방식은 기본적으로 속도를 우선시한다. 하지만 마음을 먹고 제대로 낫을 휘두르면 적당한 크기의 바위산을 부수거나 두 동강을 낼 수 있다.

카이리는 케롤의 그 속도와 힘을 화살로 완전히 압도했다.

허공으로 날아가는 화살도 있었지만 케롤이 피하거나 카이리가 잘못 쏜 것이 아니었다. 케롤이 움직일 공간을 미리 봉쇄하는 제압 사격이었다.

"에잇, 화가 났어요!"

케롤의 온몸에서 하얀 증기가 뿜어졌다. 그러자 카이리의 표정에서 미소가 사라졌다.

'호오.'

카이리는 동일한 속도로 화살을 날려봤다. 케롤이 힘들게 나마 화살들을 튕겨내면서 조금씩 그녀에게 다가갔다.

'제법 근성이 있군.'

그녀는 화살에 힘을 조금 더 불어넣었다.

'그렇다고 봐줄 수 있는 건 아니야.'

그 화살이 케롤의 어깨를 노리고 날아갔다. 낫의 칼날로 화살을 막아낸 케롤은 몸이 젖혀지고 오른쪽 오금이 휘청거렸다. 이제까지 받아낸 것들과 다른 화살의 강인함에 몸 전체가 뒤틀리기 직전까지 몰렸다.

'이 무거움은?'

그의 허벅지와 팔뚝에 화살이 차례로 박혔다. 조직이 손상되진 않았다. 그 화살은 단지 상대를 마비시키는 능력만을 갖고 있었다.

"아, 점심을 포기하고 낮잠을 잤더니 배가 고파졌어."

카이리가 활을 거뒀다. 아까부터 계속 붙잡고 있던 단검도 둔부 위에 자리 잡은 칼집에 쑤셔 넣었다.

몸이 마비된 케롤은 숨만 몰아쉴 뿐, 아무 행동도 하지 못했다.

그의 뒷목과 턱, 머리 위쪽, 그리고 쇄골 사이에 용족 청년들의 장검이 우르르 닿았다.

'아, 제가 이런 곳에서……!'

"어이, 죽이지 마."

카이리가 말했다.

"3번 창고에 보면 악마 포박용 사슬이 있을 거야. 그걸로 놈의 팔다리와 목을 죈 뒤에 내 막사로 데려와."

그녀는 뒤이어 루이체와 쑤밍에게 손짓했다.

"너희도 이리 나와. 함부로 다루지 않을 테니 안심해. 시원하게 차나 한잔하자고."

시원 깔끔한 그녀의 목소리에도 불구하고 루이체와 쑤밍은 우물쭈물할 뿐이었다.

"내가 이래서 애들을 싫어하지."

카이리는 몸이 마비되어 주저앉아 있는 케롤에게 다가갔다.

그녀는 케롤의 뒷머리를 발등으로 걸듯이 찼다. 그 공격에 목이 꺾인 케롤은 의식을 잃고 앞으로 엎어졌다.

"내 생각이 바뀔 거 같은데, 어쩔까나?"

확실히 루이체와 쑤밍으로서는 그녀와 차를 한잔 마시는 쪽이 더 나았다.

힘의 차이가 너무 컸다. 전룡단만큼 잘 훈련된 집단을 혼자 상대하던 케롤을 갖고 노는 상대 앞에서 그녀들이 할 수 있는 것은 뒤도 안 보고 도망치는 것뿐이었다.

하지만 그녀들은 케롤을 함부로 두고 갈 수가 없었다. 그가 아무리 악마이고 거북한 취향의 소유자라 해도 마구 버림받아도 될 만큼의 행동을 한 적은 없었다. 순진한 그녀들의 입장에선 그랬다.

"아, 어쩌지⋯⋯?"

루이체는 갈피를 못 잡았다. 카이리가 권하는 차가 극약이될지 보약이 될지 모를 일이었기에 그녀는 얼른 결정을 내리지 못했다.

"가보자."

쑤밍이 숨어 있던 장소에서 벗어났다.

"에에? 잠깐, 쑤밍!"

루이체가 그녀를 말리기 위해 손을 뻗었다. 쑤밍은 친구의그 손을 반대로 붙들어 일으켜 세웠다.

"괜찮을 거야."

쑤밍은 진지했다.

"우리들에게 나쁜 짓을 할 사람들이었다면 진작 그러고도남았어. 하지만 아니었잖아? 용제님의 대리인으로서 이곳에온 나는 이들의 정체를 확인해 볼 의무가 있어. 난 저들과 이야기를 해볼 거야."

책임감이 섞인 친구의 대답에 루이체는 왠지 안심이 됐다.

"같이 가자. 끝까지."

"응, 그래."

쑤밍이 밝게 웃었다. 루이체는 그 미소에서 리오의 여유를 희미하게 느꼈다.

둘은 긴장감과 압박감 속에 카이리에게 향했다. 도중에 용족 청년들이 무기를 들고 따라붙었지만 카이리가 흘리는 기운 때문에 그들은 아예 느껴지지도 않았다.

조금 뒤, 카이리는 두어 발자국 앞까지 온 둘을 미소로 환영했다.

"오랜만이야, 쑤밍. 그때보다 조금 더 어른스러워졌네?"

"예?"

쑤밍은 친구와 시선을 주고받았다.

"실례지만 소녀를 아십니까?"

"족장 급 용족 중에서 너를 모르는 사람이 있을 것 같아?"

그녀가 씩 웃었다.

"내 개인적으로는 네가 용제 전하의 거처에 처음 들어왔을 때 너를 처음 봤어, 두 번째는 네가 전하와 학교에 들어갈 때였고, 세 번째가 서룡족의 제왕을 뽑는 경시대회였지. 기억나?"

"으, 으으⋯⋯."

쑤밍의 얼굴이 새빨갛게 변했다.

루이체는 그녀가 왜 그런 반응을 보이는지 잘 알고 있었다.

현재 용족을 이끄는 용제, 바이칼 레비턴스는 시작부터 최근까지 문제를 일으키기 일쑤인 말썽꾸러기였다.

그는 서룡족의 제왕으로서 반드시 통과해야 하는 '불의 별의 시련'을 진행하던 도중 하이엘바인과 함께 나타난 브리간트로부터 등을 보이고 달아나는 추태를 보였다.

그로 인해 바이칼은 제왕의 자리에서 내려와야 했다.

우여곡절 끝에 새로운 서룡족의 제왕을 다시 뽑는 경시에 후보로서 참석했는데, 공교롭게도 쑤밍이 후보로서 그와 경쟁 아닌 경쟁을 벌였다.

"에이, 너무 부끄러워하지 마."

카이리가 그녀에게 다가가 어깨를 두드렸다.

"용족으로서 좀 창피한 일이긴 했지만 그 사건 덕분에 용제님께서 제대로 일을 하고 계시잖아? 이대로만 가면 너는 서룡족의 큰 영웅이 될 거야. 개인적으로는 네가 용제님의 뒤를 이을 아이를 낳아줬으면 해."

"예? 예에에에에?"

그녀가 격하게 당황했다. 카이리는 그녀의 검은 머리를 쓰다듬었다.

"자고로 사내는 자기 새끼를 봐야 정신을 차리는 법이거든."

"요, 용제님께선 아직 성별을……."

"뭐? 아이고."

카이리는 실망했다.

"아직도 정신을 못 차리셨네."

"으으……."

"뭐, 됐어. 용제님께서 징표를 주셨지? 그거나 보여줘."

용제가 자신에게 준 징표에 대한 이야기가 서슴없이 나오
자 쑤밍은 바짝 긴장하여 카이리의 손에서 벗어났다.

"무, 무, 무슨 말씀이십니까? 전 그런 거 모르지 말입니다!"

"응? 용제님의 대리인 자격으로 여기 온 게 아니었나? 네가
받은 징표는 친구들에게 자랑하라고 내리신 물건이 아니야.
카일로스 외에도 이 세계에 있는 모든 용족에게 메세지를 전
달하는 게 네 임무였을 텐데?"

카이리는 단검에 손을 댔다.

"잘 모르나 보군. 그럼 질문을 바꿔볼까? 사실 네가 진짜인
지 가짜인지 좀 헛갈리고 있어. 저 악마랑 같이 온 것도 그렇
고 말이야. 네가 쑤밍으로 둔갑한 첩자인지, 아니면 진짜 용
제님을 보필하는 쑤밍인지 증명해 봐."

그러자 루이체가 으악 소리쳤다.

"잠깐만요! 저는 주신계에서 일하는 루이체라고 해요! 리
오 오빠의 동생이고요!"

"그래서?"

"네?"

"리오의 동생쯤 되면 서룡족의 일에 참견해도 되나 보지?"

카이리의 눈은 싸늘했다. 말문이 막힌 루이체는 그녀와 엇비슷한 눈으로 자신을 보는 용족 청년들의 모습에 더욱 질려 기세를 잃었다.

결국 쑤밍이 품속에 손을 넣었다.

"아, 알겠습니다!"

그녀는 용제에게 받은 징표를 꺼내 카이리에게 보여주었다.

카이리는 징표를 한참 살피다가 쑤밍에게 시선을 주었다.

"쓰는 법 몰라?"

"네?"

"아, 뭐 어쩌라는 거야?"

카이리는 쑤밍이 갖고 있던 징표를 덥석 가로챈 뒤 위아래를 잘 잡고 비틀었다. 징표는 눈에 보이지 않던 단면을 따라 앞뒤가 따로 돌아갔다.

징표의 가운데에 박힌 동그란 문양이 돌아가면서 파랗고 투명한 반구(半球)가 나왔다.

자신이 받은 징표에 그런 기능이 있음을 지금 처음 알게 된 쑤밍은 얼굴이 금방 홀쭉해질 정도로 놀랐다.

"세, 세상에!"

경악한 그녀를 보고 카이리가 피식 웃었다.

"아무래도 용제님께서 네 스승… 리오였나? 그 친구가 징표에 대해 설명해 줄 거라고 굳게 믿고 계셨나 보군. 아무튼 징표의 기능은 이것만이 아니야."

그녀는 징표에 힘을 불어넣었다. 징표의 파란 부분에서 빛이 나와 쑤밍의 몸을 위아래로 훑었다.

─해당 인물이 서룡족 제왕 직속의 특별 사절 201번임을 확인합니다."

징표에서 나온 기계식 목소리가 쑤밍을 다시금 놀라게 했다.

카이리는 징표를 쑤밍에게 건네준 뒤 케롤의 머리를 다시금 걷어찼다. 의식을 서서히 되찾아가던 케롤이 또 한 번 기절했다.

"자, 쑤밍. 이번에는 네가 징표로 나를 확인해 봐. 나와 블랙테일 부족에 대해 조금 알게 될 거야."

쑤밍은 아까 카이리가 했던 것처럼 징표에 힘을 넣었다.

카이리의 몸을 훑은 징표가 아까처럼 기계식 목소리를 냈다.

─해당 인물이 서룡족 특수 임무 부대 대장, 카이리 블랙테일임을 확인합니다.

"트, 특수 임무 부대요?"

"그래. 아주 비밀스럽고 멋진 부대지."

카이리가 어깨를 으쓱했다.

"이제 이야기를 할 기분이 나지?"

"예, 카이리님!"

쑤밍의 눈이 번쩍번쩍 빛났다.

"좋아. 그럼 막사로 가자. 루이체도 초대할게. 지금 와서 하는 얘기지만 너희가 둘도 없는 친구라는 것은 클로머트 장로에게 들어서 알고 있었어. 나와도 친하게 지내보자."

"그, 그럼 아까 전엔 왜 그러셨나요?"

"아, 그건 네가 네 오라버니의 이름을 멋대로 빌렸기 때문이야."

루이체의 가슴이 두근거렸다.

"비, 빌리다니요? 저는……!"

"그럼 팔았다고 해줄까?"

카이리가 웃음을 흘렸다.

"존경하는 것과 이용하는 것은 달라, 꼬마 아가씨."

"……."

"자, 들어가자."

막사로 들어가던 카이리가 부하들을 봤다.

"그 악마도 막사로 데려와. 그 뒤엔 부상자 확인을 하고 별일 없으면 청소를 하도록 해."

"예, 카이리님!"

청년들이 일사불란하게 움직였다.

막사로 돌아온 카이리는 문을 닫자마자 가죽옷을 벗어 던졌다. 갑자기 확 드러난 그녀의 나체에 루이체와 쑤밍이 흠칫했다.

간단히 머리를 감은 그녀는 수건으로 얼굴을 닦고 머리를 말렸다.

"너희도 씻지 그래? 너희 덕분에 수도가 고장나긴 했지만 내 막사에는 둘이 씻을 만한 양의 물이 남아 있어."

루이체와 쑤밍은 고개만 푹 숙이고 있을 뿐, 별다른 대꾸를 하지 못했다.

카이리는 작은 깡통에 보관된 시원한 음료를 꺼내 둘에게 주었다.

"직접 만들고 포장한 거라 신선할 거야."

둘은 그녀가 권한 음료의 뚜껑을 열고 내용물을 마셨다. 그녀가 말한 대로 신선하면서 맛이 깊었다.

카이리는 수건을 의자에 던졌다.

그녀는 깍지 낀 손 위에 턱을 괴었다.

"우선 나와 우리 부족에 대한 얘기를 해줄게. 아까 징표가 확인해 준 것처럼 나와 이 마을에 있는 모든 이들은 특수 임무 부대야. 극비리에 이런저런 일을 하는 해결사들이지."

"저기요……."

"응?"

루이체는 민망한 표정이었다.

"말씀 도중에 죄송하지만, 여자끼리라도 좀 입으시는 게⋯⋯."

"아, 미안. 막사에서는 벗고 지내는 게 버릇이라서."

그녀는 분홍색의 가운을 걸쳤다.

"계속할게."

"예."

"우리는 서룡족이 표면상 할 수 없는 일을 전문적으로 하고 있지. 암살이면 암살, 테러면 테러, 교란이면 교란. 대상도 가리지 않아. 서룡족의 체면과 안전을 지키기 위해서라면 무슨 짓이든 하지."

"예? 하지만 장로님께선 블랙테일 부족을 해적에 가까운 부족이라고 하셨지 말입니다."

"흠, 어렸을 때 들은 얘기지?"

"예."

"클로머트 장로는 어린아이에게 극비사항을 얘기해 줄 만큼 어리석은 분이 아니셔. 더불어 우리 일은 애들 교육에 나쁘거든."

그녀는 손으로 자신의 볼을 톡톡 쳤다.

"9,000살 넘게 살아온 할머니가 이렇게 탱탱한 것부터가 문제잖아?"

쑤밍은 말없이 고개를 끄덕거렸다.

서룡족뿐만 아니라 모든 용족은 수술이나 유전자 조작, 혹은 마법을 이용해 노화를 극복하는 것이 가능하다. 하지만 법으로 엄격히 금지되어 있고 해당 행위에 대한 벌도 막중하기 때문에 일단 표면상으로는 기술만이 존재한다.

"나와 내 자매들은 노화 방지 수술과 육체 강화 수술을 받을 수 있는 만큼 받았어. 새로운 기술이 나오면 서룡족 가운데 제1순위로 몸에 적용시키지. 성형 기술이 좋아서 다행이지, 안 그랬으면 온몸이 흉터로 가득했을 거야."

"서룡족을 위해서입니까?"

"응, 그렇지."

카이리가 자신의 음료를 홀짝 마셨다.

"아버지도, 할아버지도 그러셨어. 아니, 조상 대대로 그랬지. 그래도 요즘은 동룡족과 사이가 좋아져서 우리가 할 일이 절반 이하로 줄었어. 양측의 전쟁이 심할 때는 민간인 대상 테러도 빈번하게 저질렀거든."

"……."

"자, 내가 우리의 극비 사항을 얘기했으니 너희도 극비를 말해봐. 리오 정도의 현장 요원이 배치되는 것은 보통 일이 아닐뿐더러, 용제 전하의 징표를 가진 자가 우연이든 뭐든 우리와 마주치는 것도 큰일이거든."

그녀가 다시 음료를 마셨다.

"자아, 누구부터 이야기를 해줄 거지?"

그녀의 눈이 잘 어울리는 화장과 오랜 경험에 힘입어 요염하게 빛났다. 그래도 어딘지 모르게 차가워 보였다. 루이체는 그 차가움 때문에 자신의 입장을 심각하게 고민했다.

"얘기해 주지 않을 건가?"

카이리가 재촉했다.

"예? 아, 그게 아니라……. 아무래도 오빠의 허락을 받아야 할 것 같아서요."

"음, 하긴. 주신계의 일을 그냥 듣기엔 좀 그렇지. 그렇다면 쑤밍이 얘기해 봐. 서룡족에 몸을 담은 자로서 말이야."

"예?"

"안심해. 난 순혈주의자가 아니야."

서룡족 사이에서 자란 동룡족이라는 이유로 알게 모르게 박해를 받았던 쑤밍은 옛 기억이 떠올라서인지 잠깐 동안 고개를 숙인 채 괴로워했다.

한편, 루이체는 한 발자국 물러나서 생각해 봤다.

'활잡이의 본능일까?'

그녀의 영악한 감이 그렇게 지적했다.

'좋은 결과를 얻어내기 위해 유리한 위치를 잡으려는 것

같아. 아까 내 실수를 지적한 것부터 쑤밍에게 순혈주의자 얘기를 한 것까지, 느낌이 비슷해.'

루이체는 카이리가 악의를 갖고 그런 게 아니기를 바랐다.

"좀 더 편하게 얘기해 보자. 너희들, 정말 그 검은 꽃의 잎사귀를 가지러 온 게 맞아?"

카이리가 여유를 줬다.

"이 마을에 온 이유는 그렇지 말입니다."

"흠. 그건 거짓말이 아닌 것 같네."

카이리가 잠시 자리에서 일어났다. 그녀는 자신의 가죽 전투복에서 담배 케이스를 꺼낸 뒤 서랍 안에 넣어둔 재떨이도 함께 집어 들었다.

"담배 피워도 될까?"

그녀의 질문에 루이체가 울컥했다.

'불붙이면서 질문하지 마!'

담배 연기가 천막 위에 위치한 환기 장치로 들어갔다.

"정말 수인들의 도시가 습격당한 거야?"

"저희가 도착했을 때는 왕궁까지 포함해서 도시 북쪽이 완파된 상태였어요."

루이체가 대답했다.

"그럼 너희는 그 도시에 왜 들렀지? 임무인가?"

"임무라기보다는……. 니블헤임의 주인인 로키의 심부름

이죠."

"로키? 아아……."

그녀가 차갑게 가라앉는 눈으로 담배 연기를 들이마셨다.

"주신계와 로키라……. 조금 알 것 같군. 개인적으로 수인들이 오지 않아서 걱정하긴 했어. 하지만 동생들이 일 때문에 마을을 떠난 상태라 나와 내 부하들 모두 움직일 여건이 안 돼 확인을 못했지. 그럼 도시는 어떻게 파괴됐지? 물리적으로? 아니면 마법으로?"

"느낌상으로는 마법인 것 같은데, 마법치고는 좀 이상했어요."

"어떤 식으로?"

"뭔가 한꺼번에 떨어진 느낌이랄까요?"

루이체의 대답에 이어 쑤밍이 손으로 어떤 것들이 떨어지는 시늉을 해 보였다.

"이렇게 소나기가 내린 것처럼 보이기도 했지 말입니다."

"그래? 영상으로 찍어둔 게 있나?"

"있지 말입니다!"

"잠깐 보여줘 봐."

순간 쑤밍의 얼굴이 달궈졌다.

"그, 그건 좀……."

"응? 왜?"

"제 사생활도 찍혀 있지 말입니다!"

카이리는 담배를 문 채 자신의 선명한 주황색 머리를 긁었
다.

"저기, 쑤밍?"

"아, 예."

"네가 찍은 영상 말이야. 그것이 우리 서룡족과 블랙테일
부족이 대대로 염려하던 어떤 사건의 실마리가 될 수도 있
어."

"예?"

"영상을 보고 난 뒤에 자세히 얘기해 줄게. 부탁이니 보여
줘."

"음……!"

결국 쑤밍은 용기를 내어 자신의 교신기를 내밀었다.

쑤밍의 교신기를 받은 카이리는 자신의 권한 정보를 입력
한 후 안의 내용을 살폈다. 사용자가 카이리임을 확인하고 사
용을 허가하는 음성이 교신기에서 나오자 쑤밍은 조금 마음
을 놓았다.

영상을 살피기 직전, 카이리의 눈초리가 변했다.

"이 교신기 말인데, 혹시 남에게 넘겨준 일이 있었나?"

"예. 케롤님께……."

"쯧."

혀를 찬 카이리는 자리에서 일어나 케롤의 몸을 수색했다.

수색의 수색을 거듭한 끝에 교신기를 찾아낸 카이리는 교신기 내의 자료를 확인했다.

"네 자료를 복제했군."

"예?"

그녀가 케롤의 교신기 내에 있는 영상 하나를 보여줬다.

"이거 네가 찍은 것 맞지? 네 스승이 나오네?"

영상 속에는 따뜻한 물에 적신 수건으로 상체를 씻는 리오의 뒷모습이 있었다.

쑤밍은 곡괭이로 정수리를 맞은 사람처럼 안색이 변했고, 루이체는 믿을 수 없다는 얼굴로 친구를 봤다.

카이리는 케롤의 교신기를 손에 쥐더니 잔해 하나 남김없이 으스러뜨렸다.

"정보를 취급할 때는 조심해야 해."

그녀가 다시 자리에 앉았다.

루이체와 쑤밍은 아직 의식을 되찾지 못하고 있는 케롤을 실망한 눈빛으로 바라봤다.

카이리는 쑤밍의 교신기를 통해 수인들의 도시가 찍힌 영상을 봤다.

"이 영상에서도 네 스승이 주로 나오는구나."

그녀의 감상을 들은 쑤밍은 땅을 파고 그 안에 얼굴을 묻고 싶었다.

"아, 폭발 지대가 나오는군."

카이리가 영상을 집중해서 봤다.

"쑤밍의 말대로 뭔가가 한꺼번에 떨어졌네?"

"예."

"마력은 느껴졌나?"

"잔류 흔적은 거의 없었지 말입니다."

"그렇구나."

카이리는 교신기를 끄고 쑤밍에게 돌려줬다.

그녀는 조금 뒤 루이체에게 말했다.

"나와 거래를 하자, 루이체."

"거래요?"

"그래. 이 장소에 우리 블랙테일 부족이 있는 이유를 말해 줄게. 대신 너는 주신계에서 이쪽에 네 오빠를 보낸 이유를 말해주는 거야. 어때? 일단 내 얘기를 듣고 나서 네가 입을 열지 않는다고 해도 난 상관하지 않겠어."

"조, 좋아요. 일단 들려주세요."

"음."

카이리가 새 담배를 물었다.

"아까 말했듯이 우리 블랙테일 부족은 서룡족이 표면적으로 나설 수 없는 일을 도맡아 하고 있어. 비인도적인 일이 주가 되지만 가끔은 신계와 용족이 충돌할 수 있는 부분을 미리 차단하기 위해 움직이기도 하지. 지금이 바로 그 경우야."

그녀는 빨갛게 빛을 내는 담배의 끄트머리를 재떨이 바닥 위에서 슬슬 굴렸다.

"너희들, 파프니르라는 존재에 대해 알고 있니?"

"파프니르요?"

둘은 고개를 저었다.

"먼 옛날, 브리간트님과 더불어 용족이 세상에 나타났을 때의 이야기야. 서룡족의 시조는 여덟 명의 형제자매로 이뤄져 있었는데, 그중에 한 명이 바로 파프니르님이지. 그런데 파프니르님께서는 어렸을 때 알 수 없는 자의 공격을 받고 돌아가셨어."

카이리는 담배의 재를 털었다.

"범인이 선신계 천사라는 설도 있고 인간이라는 설도 있는데, 아무튼 브리간트님은 파프니르님을 되살리려 하셨지만 그럴 수 없었어. 바로 심장이 사라졌기 때문이야. 브리간트님은 파프니르님을 잃은 슬픔으로 인해 오랫동안 자리를 비우셨지."

그녀가 다시 루이체와 쑤밍을 봤다.

"한데 얼마 뒤, 얼음 속에 보관 중이던 파프니르님의 시신이 사라졌어. 브리간트님은 모든 신들에게 파프니르님의 시신에 대한 것을 물으셨지만 하나같이 모른 척을 했지. 결국 브리간트님은 격노하셨고 이후 용족과 선신계, 악신계, 주신계 간에 긴 분쟁이 시작됐지."

분쟁이 있었다는 사실만 알고 있었던 루이체와 쑤밍은 어째서 모든 역사상에 파프니르라는 이름이 사라졌는지 궁금했다.

"분쟁은 수많은 희생자가 생긴 끝에 진정됐어. 신계와 용족 사이에는 몇 가지 조약이 맺어졌고, 그 조약 덕분에 용족은 모든 생물 가운데 신들로부터 가장 영향을 덜 받는 존재가 됐지. 파프니르님의 이름은 그 이후 잊히는 듯했어."

굵은 담배 연기가 환기 장치 속으로 들어갔다.

"그런데 비교적 최근⋯ 뭐, 최근이라고 해도 너희가 태어나기 훨씬 전의 이야기지만 파프니르님이 이 세계에 존재한다는 이야기가 브리간트님께 들려왔어. 이야기의 출처는 우리도 몰라. 하지만 우리 부족이 끈질기게 수색한 끝에 이 세계에서 파프니르님을 발견할 수 있었지."

카이리는 힘을 주어 담배를 껐다.

"그리고 우리 아버지께서 돌아가셨어."

"예?"

"파프니르님은, 아니, 파프니르는 더 이상 생물이라고 부를 수 있는 존재가 아니었어. 전투를 위해 개조된 병기라고나 할까? 그것도 하나만 존재하는 게 아니라 똑같은 모양을 한 존재가 여럿 있었지. 우리는 그것을 파프니르 타입이라 부르기로 했고, 이후 이곳에 주둔하면서 파프니르를 해결하기로 했어. 하지만 첫 접촉 이후에는 털끝 하나 발견할 수 없었지."

그녀가 불쾌감을 드러냈다.

"개인적으로는 파프니르에 의해 돌아가신 아버지의 원수를 여태껏 갚지 못한 거야. 내가 위험을 각오하고 노화 억제를 받은 것도, 동생들까지 나를 따라 한 것도 복수 때문이야. 우리들은 파프니르들을 우리 손으로 죽일 때까지 편하게 죽을 생각이 없어."

그녀의 의지는 확고했다.

쑤밍은 그녀가 걱정됐다.

"그 파프니르에 대한 단서는 갖고 계신가요?"

"사진밖에 없어".

카이리는 화장대로 걸어가 구형의 교신기를 꺼냈다.

"어릴 때의 모습 그대로 개조당한 탓인지 인간 형태일 때의 모습은 어린애나 마찬가지야."

교신기를 어렵게 조작하여 화면을 띄운 그녀가 사진을 둘에게 보여줬다.

"이렇게 생겼는데, 혹시 본 적 있어?"

이후 카이리는 루이체와 쑤밍의 안색이 급격히 변하는 것을 목격했다.

"봤구나?"

둘은 유령이라도 본 듯 새하얘진 얼굴로 고개를 끄덕거렸다.

카이리의 교신기에 뜬 사진은 그녀들이 며칠 전 숲에서 만난 흰색 원피스의 소녀였다.

카이리는 음료수를 더 꺼내왔다.

"자아, 좀 더 세밀하게 얘기해 볼까?"

루이체는 카이리와의 거래대로 리오와 자신에게 내려진 임무에 대한 이야기를 하나씩 꺼냈다.

렘런트의 갑작스런 발생, 하이엘바인, 헤라클레스, 아폴론과 네오 올림포스, 로키, 그리고 숲에서 만난 파프니르까지.

이야기를 끝까지 경청한 카이리는 고개를 크게 끄덕였다.

"좋아. 대충 알겠어. 그럼 하이엘바인님은 수인들의 도시에 계시나?"

"오빠와 함께 계세요."

"흐음."

카이리는 고개를 들었다. 그녀는 막사 위에서 조용히 돌아가는 환기 장치를 잠시간 묵묵히 지켜봤다.

"사실 렘런트와 네오 올림포스에 대한 정보는 나도 약간이나마 입수한 상태야. 네오 올림포스의 경우에는 렘런트가 이 세계에서 활동하기 전부터 존재했지. 네오 올림포스라는 명칭만 사용하지 않았을 뿐이야."

"상부에는 보고하셨나요?"

쑤밍이 묻자 카이리가 다시 그녀들을 봤다.

"물론이지. 하지만 우리도 두 번 정도만 목격한 상황이고, 렘런트가 나타난 이후 선신계 천사들에 의해 이 세계가 격리되면서 상부와는 한참 동안 연락을 주고받지 못했어."

그녀는 쑤밍에게 징표를 탁자 위에 놓게 했다.

"하지만 이걸로 가능해졌지. 잠시 기다려 봐. 옷을 좀 단정히 입어야겠어."

가운을 벗은 카이리는 옷장에서 천으로 된 검은색 전투복을 꺼내 깔끔하게 갈아입었다. 테두리가 은색의 선으로 장식된 그 전투복은 실제 사용되는 물건이라기보다는 의장용이었다.

신발까지 갈아 신은 그녀는 마지막으로 머리카락을 정돈한 뒤 퍼즐을 맞추듯 징표를 이리저리 돌리고 조립했다.

인물을 확인하는 데 사용되었던 징표의 파란 보석에서 빛줄기가 솟아올랐다.

빛줄기 안에서 서룡족이 사용하는 문자판이 투명하게 반짝거렸다. 카이리는 그 문자판을 손가락으로 찍어 자신만이 아는 순서에 맞춰 배열했다.

"용제 전하께서 너에게 주신 징표는 사실 강력한 통신 장비야. 인물 확인 기능은 부수적인 것이지. 이것만 있으면 그 어떤 신계에서 장난을 쳐도 수도와 통신을 할 수 있어."

"예? 하지만 저는 그에 대해 아무것도 듣지 못했지 말입니다만?"

"당연히 넌 모를 수밖에. 널 위한 물건이 아니거든."

카이리의 손이 멈췄다. 배열이 끝난 것이다.

"이 세계에서는 나만 사용할 수 있어."

보석에서 솟아난 빛줄기로부터 누군가의 상반신이 나타났다.

여성인지 남성인지 구분하기 힘든, 아름답긴 하지만 다소 까다로운 성격이 느껴지는 외모의 청년이었다.

카이리는 그 블루블랙 머리카락의 소유자를 확인한 뒤 칼처럼 모은 손을 절도있게 이마에 대고 경례를 했다.

"카이리 블랙테일. 위대하신 용제 전하께 충성을."

"아주 오래간만이로군, 카이리. 짐이 아직 어렸을 때 이후로 처음인 것 같군."

카이리는 경례 자세를 유지한 채 의아해했다.

"전하, 지난번 경시대회 때 뵈었습니다만."

"무엄하다. 서룡족의 모든 백성은 그 참혹한 역사를 무조건 잊어야 함을 모른단 말인가?"

순간 루이체가 손으로 입을 막아 터지는 웃음을 참았다. 그녀는 당시의 그 경시 사건이 현세대 용제의 생애에 있어서 가장 큰 치욕임을 알고 있었다.

"생각해 보니 그런 일은 없었던 것 같습니다."

"좋은 태도다."

용제가 막사 안에 있는 그 어떤 여성들보다 모양새가 좋고 늘씬한 턱을 우아하게 들었다.

"쉬어라, 카이리 블랙테일."

"예, 전하."

그녀가 손을 내렸다.

"그대와 통신 연결에 성공했다는 이야기는 곧 쑤밍이 그대들의 마을에 있다는 말이겠지. 역시 장로 대신의 선견지명은 뛰어나군. 그 천한 쑤밍은 어디 있나?"

"소인의 건너편에 있습니다."

카이리는 쑤밍에게 이쪽으로 오라는 눈짓을 보냈다. 그에 따라 쑤밍은 얼른 카이리의 옆으로 자리를 옮겼다.

"소녀, 부르심을 받았지 말입니다!"

"부른 적 없다만?"

"……"

"네 스승 녀석이 안 보이는군. 어디서 어떤 계집과 놀고 있는 것이냐?"

그의 발언에 카이리는 조용히 한숨을 내쉬었다.

'참으로 일편단심이시군.'

그녀가 서룡족의 미래를 걱정하는 한편, 쑤밍이 두 손을 저어 보였다.

"스승님은 지금 다른 곳에 계시지 말입니다."

그녀는 하이엘바인의 이름을 꺼내지 않았다. 사실 용제는 불의 별에서 하이엘바인으로부터 받은 정신적 충격을 완전히 벗어내지 못한 상태였다.

"다른 곳?"

"원하신다면 교신을 연결해 드리겠습니다."

"교신? 짐이 왜 그런 놈에게 짐의 목소리를 들려줘야 한단 말이냐?"

"스, 스승님께서 매우 그리워하셨지 말입니다!"

용제는 다른 용족과 비교할 수 없을 만큼 깨끗하고 선명한 눈동자를 통해 쑤밍을 의심했다.

"사실이렷다?"

"무, 물론이지 말입니다!"

"어쩔 수 없군. 이번만은 관대하게 넘어가 주지. 어디 그 천한 손으로 연결해 봐라."

"예, 전하."

쑤밍은 열심히 자신의 교신기를 만졌다. 파프니르에 대해 보고하려고 했던 카이리는 뜻밖의 방향으로 일이 지연되자 조금 답답했다.

하지만 1분이 지나고 3분이 지나도록 쑤밍의 교신기에서는 아무 소리도 들리지 않았다. 결국 5분이 지나자 용제의 눈초리가 날카로워졌다.

"네년이 감히 짐을 업신여기는 것이냐!"

"아, 아닙니다! 아니지 말입니다, 전하! 스승님의 교신기가 반응하지 않습니다! 처음 보는 강력한 힘이 교신을 방해하는 것 같습니다!"

"어디서 변명을!"

빛줄기 속의 제왕과 우왕좌왕하는 쑤밍을 말없이 바라보던 카이리가 순간 흠칫했다.

"잠깐 줘봐!"

쑤밍의 교신기를 낚아챈 카이리는 교신을 방해하는 힘의 성질을 파악해 봤다.

이윽고 그녀가 분노했다.

"역시, 파프니르!"

그녀의 한마디에 용제와 루이체, 쑤밍의 표정도 변했다.

"해당 지역에 파프니르가 나타났습니다, 전하!"

"뭣이? 확실한가?"

용제도 진지해졌다.

"확실합니다! 소인은 과거에 이와 같은 현상을 한차례 경험한 일이 있습니다!"

그 과거란 그녀의 부친이 파프니르의 공격으로 인해 사망할 때였다.

"명령만 주신다면 바로 이동하겠습니다!"

그녀의 기세가 용제를 압박했다.

*　　　*　　　*

휀이 리오에게 전해준 강화장갑은 확실한 성능을 과시했다.

장갑이 보호하는 곳은 팔과 어깨, 그리고 가슴의 일부뿐이었지만 몇 분 넘게 이어진 검은색의 드래곤, 파프니르들의 폭격을 문제없이 막고 튕겨냈다.

'생각보다 좋긴 하지만 힘이 빠지는군.'

강화장갑은 손상이 발생하면 리오의 체력을 이용하여 그것을 보충했다. 효율도 좋지 않았기에 리오의 체력은 기하급

수적으로 소모되었다.

리오는 그것을 그대로 견디며 수인들이 없는 곳으로 장소를 이동했다.

폭격의 범위가 너무 넓고 파괴력이 강해서 지상이든 공중이든 정면으로 맞부딪쳤다가는 수인들의 희생이 크게 발생할 상황이었다.

하이엘바인은 무기를 거두고 기운을 완전히 죽인 채 리오를 조심스레 따라갔다. 좋은 위치에 도달할 때까지 파프니르들을 자극하지 말라는 리오의 지시에 따른 행동이었다.

[이제 피하면서 이동해도 괜찮지 않겠나? 도시에서는 벌써 벗어났다네!]

그녀의 안타까움이 정신감응을 통해 전해졌다.

리오는 도시와 자신들의 거리를 눈짓으로 재봤다. 폭격이 집중되는 탓에 명확히 보이진 않았지만 위치가 적당해진 것만은 확실했다.

[먼저 공격하십시오! 뒤따르겠습니다!]

[알았네!]

하이엘바인의 전신에서 빛이 솟구쳤다.

"하아아앗!"

그녀의 가죽갑옷이 황금색의 판금철갑으로 바뀌었다. 쫙 뻗어 내려온 그녀의 은발과 철갑 사이에서 빛의 입자들이 대량으로 쏟아져 나왔다.

리오에게 공격을 집중하던 파프니르들이 일제히 그녀를 돌아봤다.

"또 다른 배제 대상 포착. 3순위로 계측."

"즉시 배제."

총 아홉 마리의 파프니르 중 네 마리가 하이엘바인 쪽으로 날아갔다.

궁니르와 똑같은 형태의 아리스톤 창을 손에 쥔 하이엘바인은 자신에게 쏟아지는 검은색 빛줄기들을 현란한 움직임으로 피하다가 갑자기 창을 휘둘렀다. 빛줄기 중 하나가 예상을 벗어난 각도에서 휘어져 들어왔기 때문이다.

하이엘바인이 창으로 그것을 튕겨내자마자 그녀의 등판에 다른 빛줄기가 꽂혔다. 상당한 열을 동반한 충격이 그녀의 등허리를 휘게 만들었다.

자세가 무너진 그녀를 향해 파프니르들의 날카로운 비늘들이 날아와 꽂혔다. 비록 갑옷을 부수진 못했지만 하이엘바인은 다시금 큰 충격을 입었다.

'이 녀석들, 나에 대해 알고 있는 느낌이……?'

정신을 가다듬는 그녀를 향해 파프니르 한 마리가 입을 벌리고 날아왔다. 하이엘바인은 창을 내밀어 머리를 노렸으나 창의 날은 파프니르의 머리 비늘에 충돌하여 옆으로 빗겨 나갔다.

파프니르가 그녀의 가슴 아래부터 허벅지까지를 단숨에
깨물었다. 갑옷은 이번에도 견뎌냈다. 파프니르의 송곳니가
깨지면서 하얀색의 파편이 후드득 떨어졌지만 파프니르는 하
이엘바인을 놓지 않았다.

"하이엘바인님!"

리오가 땅을 박차고 날아올랐다. 그러나 익숙지 않은 강화
장갑의 무게가 그의 몸을 괴이할 정도로 짓눌렀다.

'무거워!'

결국 그는 강화장갑을 해제했다. 그에 맞추듯 리오를 노리
던 파프니르들이 일제히 빛줄기들을 뿌렸다.

리오가 응전하는 가운데, 하이엘바인을 깨문 파프니르의
입속에서 검은색의 빛이 소용돌이쳤다. 지금까지 뿌려댔던
빛줄기들보다 훨씬 강력한 숨결 공격을 시도하려는 속셈이었
다.

"으윽! 으아아아악!"

하이엘바인이 고함을 지르며 저항했다. 창을 막대 형태로
줄인 뒤 파프니르의 입속에서 다시 키우는 공격도 시도했다.
그러나 파프니르는 아래턱과 입천장이 꿰뚫리는 상황에서도
하이엘바인을 놓지 않았다.

리오가 고개를 들었다. 파프니르들도 약속한 듯 상공을 바

라봤다.

작지만 강력한 공간의 균열이 하늘을 갈라내고 있었다.

"하앗!"

파프니르가 정신을 판 사이에 그 아래턱을 완전히 잘라낸 하이엘바인이 황금색 잔광을 남기며 자리를 피했다.

숨을 거칠게 쉬는 그녀의 눈에 공간의 균열로부터 자신을 향해 떨어져 내리는 청년 한 명이 보였다.

"우오오오오오!"

긴 비명을 지르며 하이엘바인의 품속으로 떨어진 청년은 그녀와 함께 한참을 밑으로 내려갔다.

"오오… 오?"

청년이 눈을 깜박거렸다. 자신의 눈앞에 황금색 갑옷이 보이자 그 금발의 청년은 고개를 슬그머니 들었다.

하이엘바인과 눈을 마주친 청년은 일순간 돌처럼 굳어졌다. 반면 하이엘바인은 반가운 얼굴로 그의 양쪽 볼을 붙들었다.

"아니, 자네! 지크가 아닌가!"

"놔, 놔주세요! 저는 잘못한 것 없어요! 제발요!"

그가 심하게 발버둥을 쳤다.

"오, 이건 꿈일 거야! 제기랄!"

공황 상태에 빠지려는 그를 향해 리오가 고함을 질렀다.

"정신 차려! 어떻게 왔는지 모르겠지만 좀 싸우라고!"

"싸, 싸워?"

여전히 하이엘바인에게 얼굴을 붙잡힌 지크가 바삐 시선을 돌렸다. 처음 보는 검은색 드래곤, 파프니르들이 그의 눈에 들어왔다.

"사바신은? 레디는? 혹시 못 보셨나요?"

그들을 향해 파프니르가 쏜 빛줄기들이 마구 쏟아졌다.

하이엘바인이 지크를 놓고 뒤로 돌아섰다. 지크도 역시 돌아서서 그녀와 등을 마주했다.

"피할 수 있겠나?"

그녀가 묻자 지크는 대답을 위해 입을 벌렸지만 즉시 다물었다.

"꼭 피해야 하나요?"

파프니르의 빛줄기가 그들의 코앞까지 온 순간, 지크의 두 손에서 전류가 주룩 흐르더니 두 개의 커다란 권총으로 변했다.

하이엘바인은 그 물건들을 알고 있었다.

'간반테인? 오딘님의?'

지크의 눈동자가 파프니르의 빛줄기들을 하나씩, 충실하게 추적했다.

"내가 왜 여기 왔는지 모르겠지만, 아무튼!"

그가 쥔 한 쌍의 권총, 간반테인이 전류를 머금은 푸른색의
탄환을 창공으로 뿌렸다.

"쏴버리겠어!"

『가즈 나이트 R』 6권에 계속…

FUSION FANTASTIC STORY
자미소 장편소설

GRAND SLAM
그랜드슬램

2016년의 대미를 장식할 최고의 스포츠 소설!!

Career record : 984W 26L
Career titles : 95
Highest ranking : No.1(387weeks)
Grand Slam Singles results : 23W
Paralympic medal record : Singles Gold(2012, 2016)

약 십 년여를 세계 최고로 군림한 천재 테니스 선수.
경기 내내 그의 몸을 지탱하고 있는 것은…… 휠체어였다.

『그랜드슬램』

휠체어 테니스계의 신, 이영석(32).
그는 정상의 자리에서도 끝없는 갈망에 사로잡혀 있었다.

"걷고 싶다, 뛰고 싶다. …날고 싶다!!"

**뛸 수 없던 천재 테니스 선수
그에게, 날개가 달렸다!!!**

GAME BALL

게임볼

설경구 장편 소설
FUSION FANTASTIC STORY

무명의 야구인이었던 남자,
우진이 펼치는 야구 감독으로서의 화려한 일대기!

『게임볼』

"이 멤버로 우승을 시키라고?"

가상 야구 게임,
게임볼을 통해 인생 역전을 꿈꾸는

한 남자의 뜨거운 행보에 주목하라!

Book Publishing CHUNGEORAM

유행이 아닌 자유추구 -
WWW.chungeoram.com

투신 강태산
박선우 장편소설
FUSION FANTASTIC STORY
무림을 휩쓸던 '야차(夜叉)'가 돌아왔다.
『투신 강태산』
여행사 다니는 따뜻한 하숙생 오빠이자
국가위기 특수대응팀 '청룡'의 수장.
그리고 종합격투기계를 휩쓸어 버린 절대강자.
전 세계를 무대로 펼쳐지는 투신 강태산의 현대 종횡기!!
"나는, 나와 대한민국의 적을, 철저하게 부숴 버릴 것이다."
서러웠던 대한민국은 잊어라!
국민을 사랑하는 대통령과 절대강자 투신이 만들어 나가는
새로운 대한민국이 펼쳐진다!!
Book Publishing CHUNGEORAM
유행이 아닌 자유추구 -
WWW.chungeoram.com

FUSION FANTASTIC STORY

서산화 장편소설

Miracle Direction

기적의 연출

천재 영화감독, 스크린 속 세상을 창조하다!

『기적의 연출』

대문호 신명일과 미모로 손꼽히던 여배우 김희수의 아들 신지호.

일가족은 불운한 사고로 인해 크나큰 비극을 겪는다.

이 사고로 섬광 기억(Flashbulb memory)이라는 능력을 얻게 된 그 순간!

그의 모든 게 달라졌다.

"배우의 혼을 이끌어내고, 관중의 영혼을 붙잡아야 합니다.

그게 제 목표입니다."

완전한 감독을 꿈꾸는 신지호.

이제 그의 영화가, 세상을 홀린다!

Book Publishing CHUNGEORAM

유행이 아닌 자유추구 -
WWW.chungeoram.com